有书真好啊

〔日〕宫崎骏 著

田秀娟 译

南海出版公司

宫崎骏和岩波少年文库

二〇一〇年，在《借东西的小
人阿莉埃蒂》（原著《借东西
的小人》）公映和岩波少年文
库创刊六十年之际，宫崎骏花
了三个月时间重读多年来深深
喜爱的岩波少年文库，从其创
刊以来出版的四百多本图书中
选出五十本，推荐给读者。

西遊記

これは おもしろい!!
読まないと損をします。
とにかく、自由奔放、縦横無...
愉快で陽気で、壮大です。
　この物語をヒントに、いまの...
が たくさん 作られていると
ろ、わかってもらえるので（ようか）
おすすめします。

星の王子さま

最初に読みおえを...
ん。言葉にすると...
しまうような気がし...
ことしていました。
ません。大人にな、
の大地」も読んで...

人ム、ソーヤーの...
有名すぎて、この本について
書くことは ありません。で
（あなたが まだ 読...
なんという自由な少年の...
この本は とっても きゅうくつな...
のです。なにしろ、子供に...
とされたんですから、今の...

チポリーノの冒険

お話はもちろんおもしろいので
絵がとくに上手で愉快で、とて
トマト男爵とか チピレモン大とか
... 好きになって、絵
騎士 ... い影響を受け...

ハイジ

ぼくらが まだ 若くて、たぶん あなたが
生まれる前に、ぼくらは この本を今住に
して、52本のテレビアニメを作りました。
ぼくらの先頭にいたのは、ひとりの若い
演出家...

森は生きている

...は 劇の脚本です
...工夫がいります。
...きのある舞台を...
...々や雪をちゃんと...
...中はもちろん、ま...
...かり、本物より...
...。登場人物の...
下さい。きっと、...
...方にコツがいあり...
...は 舞台美術が...
...をやる時は いつ...

宫崎骏重读着一本本书，亲笔写下推荐语。昨天三篇，今天一篇，就这样持续不断地发给吉卜力工作室的工作人员。这些推荐语手稿陈列于"宫崎骏选择并推荐的五十本书"展览中，在日本全国巡回展出。

将か忘れられませ
いなものがぬけ出て
まりこくって三
読まされないけ
かに作者の「人間

左のしい 川べ

まあ なんと 上手なさし絵でしょう。絵を
見ているだけで、充分満足します。アニメーションを
やった人もすごく腕の良いアニメーターに
なったでしょう。
...れるのに、ぼくは何回読みかけてもこ
本をさいごまで読めません。まったくそ
就ねことです。

海底二万里

潜水艦も深海探査
解けに書かれそうに、海
いては この本が いいは
ので。
ぼくが もっと、絵が上手た
本に色つきのさし絵をいつは

床下の小人たち

はじめに この本を読んでいは
近くで昔のことです。ヒロインのひ
の良い名前と、老婦人と少女が飾
前にいるういさし絵が、とても頭
にのこっています。

真夜中のパーティー

ある アニメーション映画を作っていて、くた
くたになって帰った夜、ふとんの中でこの本を
読みました。短い作品の中に世界が描か
れていました。文学ってすごいなあ、こういう
のが文学なんだ という気...
階道がおおせいで、痛...
れたかいい

...値に、人、
とと気えてい
のような気が
それで、この
のぞと思い

ゲド戦記 一巻 tas...

この物語ほど 竜を見事に
ありません。人間よりはる
もの。壮大で邪悪で、金色
全回のうろこに おおわれた
では笑がもえています。
この竜を...

ドリトル先生航海記

...試な力を持っている本で
シャクシャに、イライラしては
びれて、すっかりやになって
この本を読むと、ホワ
雨の中に人、た

新经典文化股份有限公司
www.readinglife.com
出　品

目 录 /⊪

I 岩波少年文库五十本 / 1

II 重要的书，一本就好 / 57

  1 和"我的一本书"相遇 / 59
  我和书相遇之时 / 61
  五十本书 / 76
  两位敬爱的前辈 / 85
  在动画制作现场 / 97
  被画所吸引 / 105
  变得脆弱的"眼睛"/ 127
  一本就好的书 / 133

  2 三月十一日之后——在孩子的身边 / 147
  风起时，于风中 / 149
  给孩子们的加油声 / 162

本书第 I 部以吉卜力工作室编纂的册子《岩波少年文库五十本》为基础，对其内容和书目顺序进行了部分改动。在拙社出版的少年文库中，有同一部作品因译者、编者、绘者不同而版本不同的情况，本书介绍的是作者推荐的版本。第 II 部中，"和'我的一本书'相遇"一章内容来源于作者在吉卜力工作室接受的采访，以及录制电视节目《吉卜力的书柜》（二〇一〇年八月于 BS 日视频道播出）时和阿川佐和子的谈话。"三月十一日之后"一章内容以作者此次接受的采访为基础，由作者大幅修改而来。

岩波书店新书编辑部

I

岩波少年文库五十本

《小王子》

[法] 圣-埃克苏佩里 著/绘

[日] 内藤濯 译

　　我无法忘记第一次读这本书时的感受，就像某种重要的东西被抽走了，让我陷入深深的沉默。这本书一定要读一次。长大后，请再读作者的另一部作品《人的大地》。

【一九五三年出版】

《玫瑰与指环》

[英] 萨克雷 著

[日] 冈部一彦 绘

[日] 刘田元司 译

这个童话故事讲述了一个弱小无知的少年如何变得充满智慧和力量，给了童年时代的我极大的鼓励和安慰。

那时，这是一本我不会对兄弟姐妹或者朋友说的重要的"秘密之书"。

【一九五二年出版】

《洋葱头历险记》

[意] 贾尼·罗大里 著
[苏联] 弗拉基米尔·苏捷耶夫 绘
[日] 杉浦明平 译

　　故事很有趣，插画水准很高，令人赏心悦目，是一本读起来非常愉悦的书。番茄骑士啦，小柠檬兵啦，我都很喜欢。在绘画方法上，这本书给了我很深的影响。

【一九五六年出版】
◆二〇一〇年十月重译出版
（[日] 关口英子 译）

小柠檬兵少尉看上去很威风。这是欧
洲风格的漫画吧，番茄骑士的脸圆圆
的，只要在嘴角画几道褶皱，表情
就出现了，我学到了。（另见本书第
125页插画）

《小书房》

[英] 依列娜·法吉恩 著

[英] 爱德华·阿迪宗 绘

[日] 石井桃子 译

长大后，我明白了是译者精彩的文笔使得本书成
为优秀之作。每一个故事都精彩得像挂着彩灯的闪闪
发亮的圣诞树，插画也给我留下了深刻的印象。

【一九五九年出版】

◆二○○一年分成《小书房1：国王和麦子》

《小书房2：离开天国》两册重新出版

阿迪宗画的可爱的插画，非常适合
表现孩子的世界。书封上的那幅画
我也很喜欢。这种风格的钢笔画不
像后世的钢笔画那么生硬，是可以
成为参考的。

《三个火枪手（上、下）》

[法] 大仲马 著
[日] 长泽节 绘
[日] 生岛辽一 译

　　再也找不到比这本更适合"大快人心的冒险格斗剧"这个称呼的书了。这本书让人激动不已。要问它有什么用吗？当然有。这本书会告诉人们，读书是一件如此有趣的事情。

【一九五一年出版】

《秘密花园(上、下)》

[美] 弗朗西丝·霍奇森·伯内特 著
[日] 深泽红子 绘
[日] 吉田胜江 译

　　故事非常棒。成年后，我在英国参观过一个大型庄园，那里非常广阔，有森林、牧场，有真正的石墙环绕的花园，推开古老的门走进去，苹果花开得正盛。当时我想起了这本书，心情激动不已。

【一九五八年出版】
◆二〇〇五年出版新版
([日]山内玲子 译 [英]雪莉·休斯 绘)

9

《尼伯龙根的宝藏》

[德] G.夏尔克 编

[日] 向井润吉 绘

[日] 相良守峰 译

这是个可怕的、充满血腥的故事，讲的是英雄倒下、被赶尽杀绝的复仇故事。书中有这样一句："一切都会灭亡，这就是人类的命运。"

该如何阻挡这一切？我不知道。小时候的我怀着这种心情，被深深吸引了。现在亦如此。

【一九五三年出版】

《福尔摩斯探案集》

[英] 柯南·道尔 著

[日] 向井润吉 绘

[日] 林克己 译

名侦探夏洛克·福尔摩斯在本书中登场。小时候读，觉得很有趣。长大后读，觉得更有趣。这就是名著。不阅读文字，就无法知道这种乐趣。不要看电影和电视剧，先从书读起。

【一九五五年出版】

◆二〇〇〇年出版新版

（书名改为《夏洛克·福尔摩斯：斑点带子》，[日] 岩渊庆造 绘）

《爱丽丝漫游奇境》

[英] 刘易斯·卡罗尔 著

[英] 约翰·坦尼尔 绘

[日] 田中俊夫 译

　　我完全被这本书"俘虏"了。我不懂英语，虽然译者已颇费苦心，但我仍有很多地方不得其解。尽管如此，我依然觉得这本书有一种不可思议的魅力。

　　我也喜欢《爱丽丝镜中游》。虽然插画略微有些奇怪，刚开始可能不适应，但习惯以后就会觉得这样的插画是无可替代的。一定是这样的。

【一九五五年出版】

◆二〇〇〇年出版新版

（[日]胁明子 译）

爱丽丝虽然是个孩子，却有一
张大人的脸，令人有些不适。
虽然如此，在这本书的众多版
本中，这一版的插画给我留下
了最深的印象。

《小追牛娃》

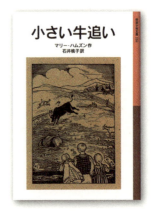

[挪威] 玛丽·汉姆生 著

[美] 埃尔莎·杰姆 绘

[日] 石井桃子 译

　　我没有读过这本书，但我认为这一定是本好书。我夫人在少女时代读过，她说她读得津津有味，知道了日本和欧洲的不同。什么时候我也要读读看。

【一九五〇年出版】

《小驼马》

[俄] 叶尔肖夫 著
[俄] Ｖ. 普列斯尼亚科夫 绘
[日] 纲野菊 译

　　一匹看上去毫无用处、身体有些畸形的小马，其实充满了智慧和勇气，给它的小主人带来了幸福。

　　很多年前，这个故事被拍成了动画片。一位看过这部动画的日本少年深受感动，后来成了动画导演。他就是我的老师。

【一九五七年出版】

《法布尔昆虫记

（上、下）》

[法] 法布尔 著
[日] 大冈信 编译

即使不怎么喜欢虫子，也会被这本书深深吸引。其中，屎壳郎的故事尤其精彩。屎壳郎喜欢把动物的粪便搓成圆球滚来滚去，渐渐地，我竟然觉得那个粪球越看越香。是真的哦。

【二〇〇〇年出版】

《很久很久以前的不可思议的故事：日本灵异记》

[日] 水上勉 著

[日] 司修 绘

我们居住的这个岛国流传的神奇故事合集。不能把这些当作迷信或者古老陈腐的信仰，因为时至今日，在我们内心的最深处，依旧流传着这些不可思议的神奇故事。

我认为我们每一个人都应该知道这个岛上原来有这样的故事。

【一九九五年出版】

《傻瓜伊万》

[俄] 列夫·托尔斯泰 著

[日] 铃木康司 绘

[日] 金子幸彦 译

　　人应该如何生活？小时候，我被这本书深深打动了。如果能像傻瓜伊万那样生活，该有多好啊。但是太难了，我肯定做不到。尽管如此，我现在仍然常常会想，要是能像傻瓜伊万那样生活，该有多好啊。

【一九五五年出版】

《第九军团的鹰》

[英] 罗斯玛丽·萨克利夫 著
[英] C.沃尔特·霍奇斯 绘
[日] 猪熊叶子 译
（封面摄影：[日] 池田正孝）

　　这是一部历史小说杰作。我数次想把这个故事的
场景改为古代的东北地区，制作一部宏大的动画电影。
一想到荒无人烟的古江户湾风景，我就兴奋不已。但
这个梦想还没有实现。

　　这是我非常喜欢的一部小说。

【二〇〇七年出版】

19

《小熊维尼》

[英] A.A. 米尔恩 著
[英] E.H. 谢泼德 绘
[日] 石井桃子 译

　　很多人是通过动画片认识维尼熊的。其实，原著精彩绝伦，无可比拟。我还在上学的时候，常常给我家附近的一个小女孩读《小熊维尼》的故事。当时，那个孩子开心的样子简直令人感动。好的故事能给人带来无限的幸福，那时的我觉得写书真是一项意义非凡的工作。

【一九五六年出版】

20

《漫长的冬天》

[美] 劳拉·英格斯·怀德 著

[美] 加思·威廉斯 绘

[日] 谷口由美子 译

著名的"劳拉一家"的故事，讲述了农夫的女儿劳拉出生、长大，从幼年时代到少女时代，再到结婚及以后发生的事。本书是该系列中的一册，写的是劳拉一家人在镇上住下之后发生的故事。

书中不只有苦难，还充满了欢乐。让农民朋友也看看吧，改编成一部动画电影吧。

【二〇〇〇年出版】

《风中的王子》

[法] 博杜伊 著
[日] 寺岛龙一 绘
[日] 安东次男 译

　　看过这本书后，如果你也想乘坐滑翔机，请一定不要放弃。在今天，能找到这样的机会。当然，刚开始无法一个人驾驶，可以先乘坐两人座的滑翔机。我是近视眼，还选择了案头工作，所以放弃了驾驶滑翔机，但我乘坐过很多次。现在，即使是近视眼，只要戴上眼镜也就没问题了。一个人在空中翱翔时，一定能明白什么是真正的精彩。

【一九五八年出版】

《回忆中的玛妮 (上、下)》

[英] 琼·G.罗宾逊 著

[英] 佩吉·福特纳姆 绘

[日] 松野正子 译

　　读过这本书的人，心中会留下这样一片风景：海湾附近有一座房子，房子的窗户正对着自己。

　　很多年后，当你长大成人，即使忘了书里的内容，心中也一直会有这座房子。说不定什么时候，你就会真的遇到那扇窗户。在旅途中第一次见到的房子，却感觉相识已久，一种难以言表的怀念之情油然而生，忽然想起了玛妮的故事。就是这样一本书。

【一九八〇年出版】

《柳林风声》

[英] 肯尼斯·格雷厄姆 著

[英] E.H.谢泼德 绘

[日] 石井桃子 译

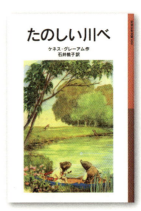

插画精彩极了，只看插画就非常满足。这位画家如果来制作动画，将是一位多么出色的动画师啊。

但是，这本书我读了很多次，却没有一次从头到尾读完。真是一本不可思议的书。

【二〇〇二年出版】

希望每位动画师都来临摹一下。打
扮成妇人的蟾蜍，连背影都画得那
么好。真是一位水平高超的画家。
（另见本书第 108 至 109 页插画）

《魔船》

[英] 希尔达·刘易斯 著
[英] 诺拉·拉夫林 绘
[日] 石井桃子 译

　　我的一位朋友小时候非常喜欢这本书，并向我推荐了它。这是他收到的圣诞礼物，他读了很多遍，觉得实在太有趣了。他现在已经长大，但说起这本书时依然两眼闪闪发亮，充满了怀念和陶醉之情。于是，我觉得这本书属于我朋友，我读它就好像在偷看别人的东西。但我还是读了。

【一九五三年出版】
◆二〇〇六年新版分为上、下两册

《弗兰巴兹庄园1：
爱的旅程》

[英] K.M.佩顿 著

[英] 维克托·安布鲁斯 绘

[日] 挂川恭子 译

在飞机刚刚上天的时代，对最初的发动机和机身的描述，没有比这本书更详尽的了。即使生活在那个时代，也难以写得这么精彩。而且，还是一位女作家。我深感钦佩，现在依旧非常钦佩。

【一九八一年出版】

《汤姆的午夜花园》

[英] 菲莉帕·皮尔斯 著

[英] 费丝·雅克 绘

[日] 猪熊叶子 译

　　某个晚上，我忙了一天动画电影，精疲力竭地回到家后，在被窝里看了这本书。小小的一本书，描述了整个世界。文学真是太厉害了！这才是文学啊！我心中涌出这样的想法。我们这么多人，每天埋首桌前没日没夜地画啊画，花费了极大功夫才制作出的电影轻易就被这本书打败了。我有些悲哀。

【二〇〇〇年出版】

《汤姆·索亚历险记（上、下）》

[美] 马克·吐温 著
[美] T.W.威廉斯 绘
[日] 石井桃子 译
（封面画：[美] 诺曼·洛克威尔）

《汤姆·索亚历险记》实在太有名了，我倒没什么可说的了。如果你还没读过，请一定读一读。

多么自由的少年时代！但是，这本书写于非常刻板的时代，当时曾被认为会给孩子们带来不良影响。现在没有人这么说了，因为现在是非常自由的时代，不过孩子们却一直生活得很受拘束。真是个神奇的故事。

【一九五二年出版】

《宫泽贤治童话集：
要求太多的餐馆》

［日］宫泽贤治 著

［日］菊池武雄 绘

（封面画：［日］宫泽贤治）

　　宫泽贤治的所有作品都是宝藏，必须沉下心来读。我认真反复地阅读，读出声音，仔细倾听传入心中的声音，想象着书中的场景，过了几天后再读，过了几年后再读，不知为何眼中不断涌出泪水。这个时候，我感到自己仿佛看到了什么，但又倏地消失了。他的作品让我感受到了这种美。

【二〇〇〇年出版】

《海底两万里 (上、下)》

[法] 儒勒·凡尔纳 著
[法] 阿方斯·德·内维尔 绘
[日] 私市保彦 译

　　虽然写于没有潜水艇、没有深海探测船的时代，却是一本将海底旅行写得最精彩的书。书中描写的海和存在于人类想象世界深处的原始海有关联。

　　我如果画画技术再好一点，想为这个故事配上很多彩色插画，做成一本厚重气派的书。遗憾的是，我无法做到。

【二〇〇五年出版】

《借东西的小人》

[英] 玛丽·诺顿 著
[英] 黛安娜·斯坦利 绘
[日] 林容吉 译

　　我第一次读这本书是将近五十年前的事情了。女主人公好听的名字，老奶奶和少女坐在暖炉前的插画都给我留下了深刻的印象。

　　曾经以为我们是大个儿的人，小人们则是躲在暗处生活的小生物，但当今时代让我觉得我们才是小人。所以，这本书一点都没有过时。

【一九五六年出版】

这幅插画和故事没什么关系，但给我留下了深刻的印象。围着暖炉的两个人之间有一种慵懒的气氛。续篇《借东西的小人漂流记》中，阿莉埃蒂趴在水壶上的插画也非常棒。（另见本书第 107 页插画）

《海蒂（上、下）》

[瑞士] 约翰娜·斯比丽 著
[瑞士] 玛尔塔·普凡嫩施密特 绘
[日] 上田真而子 译

　　在我们还很年轻的时候——你应该还没有出生，我们把这本书改编成了五十二集动画片。带领我们开展这项工作的，是一位年轻的导演。当然，他现在也是一位老爷爷了。他为这本虽然很有名却少有人读过的杰作注入了新的生命力。

　　有人认为，比起看动画片，读原著更好。这样的观点，我大约同意百分之五十。但这部作品不同。请大家读了原著，再看看动画片，比较一下。直到今天，我仍然自豪地认为，我们的工作干得不错。

【二〇〇三年出版】

《医生的故事》

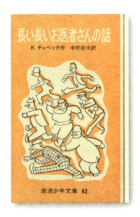

[捷克] 卡雷尔·恰佩克 著
[捷克] 约瑟夫·恰佩克 绘
[日] 中野好夫 译

　　这本书的作者最早创造了"机器人"这个词。但这本书讲的不是机器人的故事。这位作者闪耀着思想的光辉，而且善良、智慧、坚毅、温暖。他叼着烟斗，坐在窗边陷入沉思的样子多么引人遐想。有时候我感到，很久以前，我好像也曾拥有那些精神品质。但只是我的错觉吧。

【一九五二年出版】

《燕子号和亚马逊号
（上、下）》

[英] 亚瑟·兰塞姆 著/绘
[日] 岩田欣三　[日] 神宫辉夫 译

令人炫目的暑假。在闪闪发光的湖面上，驾驶着自己的小船，船帆迎风鼓起，自由自在地驶向远方。没有大人的唠叨，自由自在……多么美好的夏天。

我要是也能拥有这样的夏天该多好啊……抛到脑后的作业，空白的图画日记本，只让人感到恶意的天气栏（是谁想到要把这个印在日记本上的呢）。待百日红盛开、黑寒蝉鸣叫时，暑假结束了。直到现在，这些还令我激动不已。

一声叹息。

【一九五八年出版】
◆二〇一〇年七月出版新版
（[日]神宫辉夫 译）

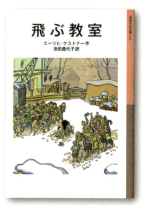

《飞翔的教室》

[德] 埃里希·凯斯特纳 著

[德] 瓦尔特·特里尔 绘

[日] 池田香代子 译

　　小时候，这本书让我非常感动。书里是一个闪闪发亮、梦一般的世界。如果能像书中的少年和大人们一样拥有勇气、自信和正义感，那该多棒啊！

　　遗憾的是，我数度错过了展现勇气的机会，度过了敏感、胆怯的少年时代。

　　重读这本书，我又想起自己曾经多么憧憬能够拥有这份勇气和自信。我的少年时代和中年时代都不能重来，可是……我想，成为一位挺棒的老人，也许还有机会。

【二〇〇六年出版】

《鲁滨逊漂流记》

[英] 丹尼尔·笛福 著

[英] 沃尔特·佩吉特 绘

[日] 海保真夫 译

这是一本非常有趣、令人兴奋的书。但是……当我长大成人以后，我注意到了书中描绘的故事的漏洞：如果主人公没有枪，他会怎样呢？肯定会很悲惨。读了这本书的人们，带着枪，去其他岛屿或者国家掠取财宝、攻击当地人，在世界各地搞破坏。

我没有枪，也不想有枪。这本书虽然有趣，但也令人担心。

【二〇〇四年出版】

《金银岛》

[英] 史蒂文森 著
[日] 寺岛龙一 卷头画 / 封面画
[日] 阿部知二 译

以这本书为基础，无数的寻宝故事、电影、漫画、游戏被创造出来。一切东西都可以成为宝藏：沉船里的金山，塞满大大小小金币的瓶子，拳头大小的钻石和宝石、黄金王冠，魔法球和宝剑，等等。现在，记录宝藏下落的地图尽管形式发生了改变，但还是常常被用到。

人们为什么如此喜欢宝藏，这个问题暂且不论。总之，这本书非常有意思，读读没坏处。

【一九六七年出版】
◆二〇〇〇年出版新版（[日] 海保真夫 译
[英] S. 范阿贝 绘　[美] N.C. 韦思 封面画）

《绿拇指男孩》

[法] 莫里斯·杜恩 著

[法] 雅克利娜·迪埃姆 绘

[日] 安东次男 译

　　我第一次读这个故事的时候，长着绿拇指的男孩名字译作杰斯特。在这个版本中，他的名字改译为杰特。无论是这本书写成的时代还是现在，战争都没有消失，贫穷和监狱更多了。虽然我没有绿拇指，但仍想和杰特站在一起。

【一九七七年出版】

《种葱的人》

[韩] 金素云 编
[韩] 金义焕 绘

　　这是韩国的民间故事集。三十四个故事中，我不能忘记的是《种葱的人》。这个故事的篇名也被当作了这本故事集的书名。

　　你喜欢葱吗？

　　我非常喜欢。

【一九五三年出版】

《聊斋志异》

〔清〕蒲松龄 著

蔡皋 绘

〔日〕立间祥介 编译

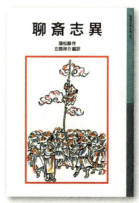

　　这本书中收录了很多故事，每个都神奇而有趣。仅仅《酒虫》这个短小的故事就令这本书值得一读。这个故事极大地影响了我的思考方式。

　　现在，我仍然抽烟，已经抽了快五十年，从没想过戒烟。请把《酒虫》里的酒换成烟试试吧。大家能明白我的心情吧（笑）？

【一九九七年出版】

42

《杜利特医生航海记》

[美] 休·洛夫廷 著 / 绘

[日] 井伏鳟二 译

　　这本书有不可思议的力量。心烦意乱的时候，焦躁不安的时候，精疲力尽的时候，情绪低落的时候，一读这本书，就像钻到了温暖的云彩中，身心轻松，总觉得一切都会好起来。

　　而且很好读。书本身厚重翔实，全系列共有十三册，随便拿起哪一册都能直接开始读。

　　真是好书啊。

【一九六〇年出版】

《十二个月》

[苏联] 萨莫依尔·马尔夏克 著
[苏联] 瓦尔瓦拉·布勃诺娃 绘
[日] 汤浅芳子 译

这是个戏剧脚本，读起来比较费功夫。请自行想象一个开阔的舞台，上面要有逼真的森林和白雪，王宫中自不必说，继母家中也要好好布置，要比真的场景布置得还好。请尽情想象登场人物的服装。这一定是一个闪闪发光的美丽舞台。

我很喜欢舞台美术，以前班里排戏剧的时候，我总是主动要求负责美术工作。以这本书为脚本，假以时日，能做出很棒的舞台美术，现在我仍然这么想。

【一九五三年出版】

《小爵爷》

[美] 弗朗西丝·霍奇森·伯内特 著
[日] 古茂田守介 绘
[日] 吉田甲子太郎 译

　　本书的主人公塞德里克被描绘成一个理想的少年形象。

　　"没有这样的少年"这种话说起来简单，但没有意义。

　　和塞德里克正相反，我小时候是个犹豫不决、胆小怯懦、不够干脆的孩子。但我很喜欢塞德里克。我到现在仍然认为，某个地方肯定有这样的少年。

　　因为我有过这么一个聪明、善良、沉稳、正直的朋友。他在非常年轻的时候就去世了，但就是因为他，我相信某个地方肯定有这样的少年。

【一九五四年出版】

《西游记(上、中、下)》

[明] 吴承恩 著
[日] 吉冈坚二 绘
[日] 伊藤贵麿 编译

这本书很有趣!!

不读是你的损失。

总之,这是本自由奔放、无拘无束、开心快乐的书,非常了不起。

以这本书为灵感,现在的人做出了很多款游戏。说到这一点,大家就能明白这本书有多好了吧。

我推荐这本书。

【一九五五年出版】

《天使雕像》

[美] E.L.柯尼斯伯格 著 / 绘

[日] 松永富美子 译

读了这本书后，我曾尝试把故事舞台搬到日本，制作成电影。

离家出走的少女藏身的地方不是美国大都会博物馆，而是东京上野国家博物馆。可是，我作为大人都不愿意在那个博物馆里过夜。那里夜晚时就像一个坟墓，很吓人。

于是，我放弃了这个想法。这是一个很好的故事，我觉得有些可惜。

【一九七五年出版】

《吵闹村的孩子》

[瑞典] 阿斯特丽德·林格伦 著

[瑞典] 伊隆·维克兰德 绘

[日] 大塚勇三 译

　　这个世界上如果有乐园，那就是吵闹村。读过这本书的孩子，都会喜欢它，都希望自己出生在吵闹村。

　　这样的快乐只有在孩提时代才会有。

　　可是，几乎没有机会住在这样的村子里。"啊，太有趣了！"所以读完这本书时，我感到一丝遗憾。

【二〇〇五年出版】

《霍比特人（上、下）》

[英] J.R.R.托尔金 著
[日] 寺岛龙一 绘
[日] 濑田贞二 译

　　英国幻想小说杰作，写的是旅行和冒险、财富和魔法、勇气和战斗。但是，现在总觉得有些陈旧。

　　以这本书为灵感，开发了无数的角色扮演游戏，供游戏者打败一两个以至数不胜数的怪物。接着，更多更刺激、更精巧的奇幻作品被生产、被消费。这本书已经被啃噬得干干净净了。

【一九七九年出版】

《地海传奇：地海巫师》

[美] 厄休拉·勒古恩 著

[美] 露丝·罗宾斯 绘

[日] 清水真砂子 译

　　没有比这本描绘龙描绘得更精彩的书了。龙是比人类更古老的生物，是某种身形庞大、邪恶而不可冒犯的蛇，全身覆盖着钢鳞，身上燃烧着火焰。

　　即使是现在，也无法把这种形象的龙具象化。我不想把龙设想为那种老套的形象——一只长着蝙蝠翅膀的蜥蜴。这和日本、中国的龙都不一样。龙让这个故事世界变得深邃。

【二〇〇九年出版】

《古堡里的月亮公主》

[英] 伊丽莎白·古吉 著

[英] C. 沃尔特·霍奇斯 绘

[日] 石井桃子 译

　　这是一位敬爱的前辈推荐给我的书。而且，译者石井桃子非常了不起，她不会翻译没有意思的书。

　　如果这本书没有意思，那可怎么办？读之前，我很有压力。

　　结果，我着魔般一口气读到最后。这是一本像水晶般熠熠生辉的书，令我想到像前辈一样健康、充满活力的少女的内心世界。

【一九九七年出版】

《淘气五人组》

[捷克] 卡雷尔·波拉切克 著
[日] 岩渊庆造 绘
[日] 小野田澄子 译

　　最开始的二十章非常有意思。后面的十二章我不明白作者想表达什么，百思不得其解，重读了好几遍，还是不明白。书中好像有什么秘密暗号。如果将它看作得了猩红热的少年佩特的胡思乱想，或许可以说是一种非同寻常的表现方式。但是，不好说。

　　也许因为这是作者未完成的作品。他把书稿藏在不为人知的桌子里，然后在集中营遇害了。可是……

　　我觉得这本书的书名不如叫"马首之下"。①

【一九九〇年出版】

---

① 在本书开头，佩特小时候很害怕某座建筑物外墙上挂着的马首木雕。在他没注意到自己得了猩红热去学校的那个早上，他觉得马首仿佛露出了嘲笑的表情。——译者注

《珍妮·亚当斯的一生》

[美] 贾德森 著
[美] 拉尔夫·雷 绘
[日] 村冈花子 译

　　学生时代，我有一位女性朋友热衷于参加珍妮·亚当斯开创的社会福利活动，我们背后都叫她"福利小姐"。听说她太过拼命，累坏了身体，被送回了家乡。四十年后，听说"福利小姐"虽然容貌已变，但仍在为弱势群体奔走，令人感动。

　　我的另一位前辈，也是因为这本书决定了自己毕生的事业。那位前辈工作非常努力，给我很深的影响。所以，我一定要向大家推荐这本书。

【一九五三年出版】

《居里夫人的故事》

[英] 埃列娜·杜尔利 著

[英] 罗伯特·吉宾斯 绘

[日] 光吉夏弥 译

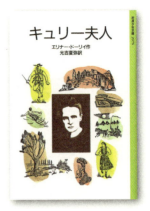

过去，我读过一些伟人传记。我认为投身于学问的人是伟人，我自己却对学问毫不热心。

因为不懂贝多芬的音乐，所以贝多芬传记看得稀里糊涂的。亚历山大大帝的传记很有意思，但我依然不明白他为什么是伟人。

现在，我渐渐懂得，过去有伟人，现在也有伟人。在并不出名的人中，也有伟人。了解了这些人后，与其说我觉得他们伟大，不如说我喜欢这样的人。如果我遇到居里夫人，我也会喜欢她。

【一九七四年出版】

《奥特伯里的少年侦探》

[英] 塞西尔·戴-刘易斯 著

[英] 爱德华·阿迪宗 绘

[日] 胁明子 译

　　过去，从没有人想象过少年可以是这样的一群人。我和我少年时的伙伴们虽然热衷于打仗游戏，但没有遇到过书中描写的事件，没有像书中的少年一样有挥洒勇气、付诸行动的机会。真遗憾。

　　不，也许并非如此。我这个已经远离少年时代、实实在在上了年纪的人反思：肯定遇到过那样的事情，只不过它们从我身旁擦肩而过了。是我自己装作没注意到，没有追上去。正因为如此，我感到更加遗憾。

【二〇〇八年出版】

《汉斯·普林卡》

[美] 玛丽·梅普斯·道奇 著
[荷兰] 希尔达·范斯托库姆 绘
[日] 石井桃子 译

　　有一本书的开头是："瑞典还很穷的时候……"那个开头让我非常感慨，我模仿它制作了一部"日本还很穷的时候……"的电影。当然，影片中并没有出现这句话。

　　这本书讲述了荷兰还很穷的时候，尤其不幸、贫穷的一家人的生活。最后，主人公兄妹通过自己的努力和他人的帮助获得了好运，结局幸福美满。读了这本书，我很想去荷兰看看。

　　这本书很老了，也许很难遇到。如果你足够幸运，说不定会遇到它。那么，它将会带给你好运……

【一九五二年出版】
◆二〇一〇年十月出版新版
（书名改为《银冰鞋：汉斯·普林卡的故事》）

重要的书，一本就好

1

和"我的一本书"相遇

我和书相遇之时

▧ 相遇于租书店

岩波少年文库创刊于一九五〇年，我应该也是从二十世纪五十年代开始读的。岩波少年文库的书非常气派，硬壳精装，散发着成人书的风范。虽然内容通俗易懂，但配图并不是那种略显俗气的流行画。

它们仿佛在对我说："这可是内容翔实、言之有物的书，请恭恭敬敬地读吧。"（笑）但学校图书馆里并没有这些书，所以很难有机会读到。

我读得更多的是其他出版社出的缩写版名著。偶尔会有人给我一些带有可爱男孩和女孩插画的书，但我基本上是在租书店借书看。比如，根据《基督山伯爵》改写的《岩窟王》，《亚森·罗平探案》系列中的《奇岩城》，还有《秘密花园》，等等。当时，租书店里正摆着讲谈社出版的一套插画精美的《世界名著全集》。

图1 《岩窟王》（《世界名著全集》，讲谈社，一九五〇年出版。全系列已有一百册以上。）

那个时代，租书店很常见。那时候的我，可能是中学生或者小学生。我上小学时有没有租书店呢，我记不清了。

租书店里的书和普通书店、二手书店的书不同，和图书馆的也不一样，书封背面附有卡片，用来写名字，先付钱，几天后还书。孩子们没有可以用来证明身份的东西，但也不用提供什么证明。

我是在杉并区长大的。那里虽然也算是东京，但和商业区完全不同，那时候还有用茅草做屋顶的房子。当时的小金井（现在的吉卜力工作室所在地）完全是"真正的乡下"，到处都是麦田、红薯田、桑田。

第一次读到的"书"

我的母亲常年患病，她顶多偶尔对我们说："这本书很有趣，读读看吧。"我的父亲也不是特别爱读书。因此，我都是正好碰到什么书就顺便读一读。《姿三四郎》这样的书，我倒是从父亲的书架上拿下来读过（笑）。我印象最深刻的是世界史教科书中但丁《神曲·地狱篇》中的插画，看上去就像照片一样，我经常翻出来看。

我读的书并不多。我清楚地记得，第一次读纯文字书是在九岁那年，一个很偶然的机会。那时我上小学三年级，隔壁的姐姐借给我一本《美人鱼》。书很薄，用纸粗糙，只有文字，却让我觉得自己成了大人。

小时候，在哪儿都能读书，这儿也能读，那儿也能读，在书房一角读，在卧室里读，面朝这边读，面朝那边读，大人让早睡，就在被窝里偷偷继续读。都用过什么姿势读书？我自己都不记得了。

我长大成为一名动画工作者后才发现，孩子

们入迷地读书时，姿势真是非同一般。他们并不会保持一个姿势不变。我试着画出孩子读书时的一个姿势①，真是相当不得了（笑）。画中的狗也有原型，只要我在，它就会跑到我身边，总是和我待在一起。我忽然想起了它，便画了出来。狗的名字叫"奇克"。家里人说，我们家世世代代养的狗都要叫"奇克"。后来我独立成家后养的狗名叫"牧克"，还被母亲责备了（笑）。

小时候养过的狗对我来说是不可替代的，所以我不想用同一个名字叫其他的狗。我母亲的想法还真是不可思议。

加入儿童文学研究会

大学时，我加入了儿童文学研究会。本来我想参加漫画研究会，但我所在的大学里没有，相

---

① 即封面主图。——编者注

近的也就是儿童文学研究会了。参加看看吧——我怀着这种心情加入了这个社团。

但这个社团没有举行过什么像样的活动，也没组织大家好好读书。

大二的时候，社团成员只有我一个人了。学长们偶尔露个面，但没什么干劲。没办法，我搬出一张桌子，写上"儿童文学研究会招新"，然后抽起了烟。就这样，又拉来了几个人。

但新招来的伙伴要么是想参加文体活动，要么是想搞儿童会组织的那种"儿童文化研究会"，对此我只好说："这也不错，虽然有点不一样。"（笑）于是，其中一个又带来一个八竿子打不着的、说"喜欢太宰治"的伙伴。就这样，我们组成了一个莫名其妙的社团。

那时候，我们借的是文艺部的房间。文艺部也没什么人，偶尔能见到一两个，但基本处于休眠状态。也就是说，我们可以随意使用那个房间。我们把那里当成据点，度过了四年时光。

就是一帮这样的成员。要是提议："我们来演人偶剧吧！"听到的回答都是："什么？演人偶剧？""我们来这儿可不是为了演人偶剧的！"或者"真烦啊。"大家成天聊的都是要不要去参加游行（笑）。

即使开读书会，大家也不过说说"这书真有意思""这书真没劲"之类的话，再进一步就会有人说"这样分析有什么用啊"。虽然也挺开心，但不会成为学术讨论。

儿童文学研究会平常五六个人，最多的时候七八个人。我离开后，研究会又持续了一段时间，剩下的几个人毕业后就彻底结束了。真是无奈啊。但多亏这个研究会，我读了不少童书。如果当时有漫画研究会，会怎样呢？我想，也会是读童书吧。

必须读书

我一直以来的想法都是必须读书，不是因为有趣，而是因为坚信"必须读书"。

过去，我很少觉得读书是"有趣的"。想当漫画家，就必须如此，我想。因为什么都不知道，所以必须学习。学生时代，我一直固执地陷于这种观念之中。或者可以说，我以为那是必经的修行阶段。

即使去旅行的时候，我也会觉得不能光玩，还得画画。即使在画画，心里也一直在想：我得更加严格地磨炼画技。看电影也不是因为有趣才去看，而是特意去看有难度的电影。说到上专业课，没办法，我也会参加，但什么都没学到。

我们那个时代，还留有这样的观点：一个有修养的人，有些书是必须读的，不然会被人说"你竟然连这些书都没读过"。

柏拉图的《对话录》等等，虽然我不知道自己到底理解了多少，但还算入门书，读起来比较轻松。马克思的《资本论》必须读，否则至少也得读几本哲学类的书。在童书之外，至少得读一读的书多的是。

不是为了有趣而读书，而是为了学到什么而读书。虽然心里这么想，但总是遇到让自己碰壁的书。

自己的脑袋真是辛苦啊，康德、黑格尔已经让我受不了了，一听到萨特更是犯困，一个词都理解不了。就这样，很多必读书我都没有读。当然，《资本论》也没读完。

儿童文学的气质

哲学家克尔恺郭尔的作品我也看不懂（笑）。接下来，是日本作家中必须读的二叶亭四迷。他的作品虽然读得也很痛苦，但总算读下来了。不过，日本文学就到此为止吧，就到四迷（笑）。影响了四迷的屠格涅夫，甚至陀思妥耶夫斯基的书，我也拿起来过。

陀思妥耶夫斯基的《罪与罚》，我是怀着正襟危坐的心情去读的。但读到《地下室手记》时，我感到自己像被解剖了一样，再也读不下去了，简直连呼吸都困难。

《卡拉马佐夫兄弟》这本必读书我也没能读下去。这样的经历有过很多次。最后，我明白了，我不适合读这种小说。人怎么能读这么残酷的文字呢？我有了这样的疑问。还是儿童文学符合我的气质。

儿童文学是"可以重建生活的文学"。虽然英国作家罗伯特·韦斯托尔写了很多无法重建的生活，但是从他对其笔下的父亲以及相当于父亲角色的肯定评价来看，他认为世界虽然很残酷，但依然值得活下去。

这样的儿童文学契合我脆弱的神经。只能这样想。就这样，我不再读那些小说了。不管是什么畅销书，我首先会避开小说。即使去书店，也只在社会学、民俗学、植物学、技术史、考古学、古代史之谜的书架间转来转去。

我读了很多和战争有关的书，而不去碰文艺书的书架。我还尽量避开流行读物。我意识到畅销书终究是一种文化泡沫，虽然我不知道自己为什么会有这种想法。

在披头士乐队大盛的时代，他们的歌我一首也没有听过。我的房间里没有收音机，当然也没有电视机，什么都没有。

儿童文学，就在一个和那些流行都无关的角落中。

一百八十度转变

过去人们以为，读书，特别是读小说，不算"学习"和"学问"。说到"做学问"，那其中不包括读小说。而现在的人会对孩子说："不读书，你就不能成为一个像样的大人。"这个风气到底是从什么时候开始的呢？毕竟人并不是读了书就会变聪明。

我上学的时候，曾问过出生在战前的学长，大家都说"背着父母偷偷读书""没有书读，就向隔壁伯伯借立川文库①，一本接一本地读"。可以说，那个时代的孩子是在"书读多了就不能成为一个像样的大人"这种声音中长大的。

因为受到大正民主②的影响，比较开明的父母

---

① 一九一一年，日本传统艺能讲谈很受欢迎，以此为主要内容的立川文库诞生，出版了近两百部作品。——译者注
② 一九一二年至一九二六年为日本大正天皇在位时期，推行了符合现代民主的政治体制与政策，民主自由气息浓厚，后来称之为"大正民主"。——译者注

或许并非如此。但大部分的父母还是认为正经人要是读小说这种东西就会变得吊儿郎当，脑子里充满奇怪的想法，不会再勤勤恳恳地干活。有这种担心的大人很多。

大人们观点发生改变，很大程度上可能是由于战争失败。"因为不思考，所以有了这场愚蠢的战争，搞坏了国家。"很多人都这么说，于是想法变为"必须读书"。

当然，明治时代及以前，无论为了学问还是乐趣，读书的人也不少。但像现在这样到处是书，则是很久以后的事情了。

读书能陶冶情操，能丰富价值观，所以必须读书。这样的观点得到公认，正是战后的事情。

后来读到的书

出于对永久中立国瑞士的憧憬，《海蒂》被读了很多遍。但是，当我从事动画工作的时候，已经不确定现在还要不要拍那么陈旧的内容了。我记得我曾经对高畑勋导演说："欸——确定要拍《海蒂》吗？"

一个潮流过去了。在我们将《弗兰德斯的狗》拍成动画片之前，早已有人翻拍过了。我记得孩提时代读到的是个悲伤的故事，翻拍作品改为了

图2 《弗兰德斯的狗》(《儿童图书馆》丛书，玉川学园出版社，一九三一年出版)

美好的结局。但那都是很早以前的事了。

　　能让孩子读得津津有味的书，原本不多。虽然开明的出版社也有，从明治时代开始就对古典作品进行了翻译，但那个时代只有很少的人能读到这些书，大部分人只知道这些名著的名字而已。

五十本书

选五十本书

　　能给岩波少年文库的五十本书写推荐文，我很开心。读了这些话，孩子们就会去读这些书吗？想到这里，我又觉得没有那么简单（笑）。这是曾经读过书的人们读的作品。

　　其实，以什么契机开始读书都可以。是否要按照这个顺序阅读呢？我的建议是：完全可以抛掉这种"攀登百座名山"的想法。无意中读起来，觉得这本书很有意思，事情应该是这样的。所以，无论什么契机都可以。

选书这事非常难。刚开始我以为选五十本书没什么难的。但说起自己记得内容的书，说了十本就说不出来了。有些书我记得很有意思，却忘了是如何有意思的。此外，一些时期出版的书我完全没读过，让我不知如何是好。

最后选出的五十本书中，也有我读不下去的。在推荐文中，我写道："这本书我读了很多次，却没有一次从头到尾读完。"（笑）有的书虽然我没有读过，但读过的人都说好，所以也被我列入了推荐书目。于是，我只能在推荐文中说"我没有读过这本书"。

我选择的书中，也有一些不是我在岩波少年文库而是在教科书中读到的。宫泽贤治的作品就是如此。重读一遍《橡子与山猫》，我依然觉得非常棒，最初读这部作品时的感受更加清晰地浮现在我的脑海中。这是能够令人产生回想的作品，是有力量的作品。另外，也有像《金狐狸》这样在教科书中读到，但没有被收录到文库中的作品。

记忆错综杂乱，现在我也记不清我读的是哪个版本了。

ⅢⅢ 入门书

重读之后依然觉得非常值得读，我选择的就是这样的书。比我年长一些的人曾读过一些对他们来说非常难忘的老书，在岩波少年文库刚刚问世时对我说了不少"这本书怎么没收进去？""那本书怎么没收进去？"之类的话（笑）。在那个时代，并不是读了很多书比较后觉得这本书有意思，而是和书的相遇本身就很珍贵。因此，和每一本书的相遇都是非常难忘的。

所以，我首先选择了《日本灵异记》这种能

作为入门书的书。这本书，小时候先读一读。里面还有很多有意思的内容，可以长大后再读几遍。有机会还可以读读原著或者白话文版。我想，这本书能提供这样的契机。

《聊斋志异》也是如此。原著内容丰富，有不少诡谲艳丽的故事，少年文库的版本中没有收录这些内容，读了并不等于读过《聊斋志异》。但是，作为入门书来读是很好的。《今昔物语集》也是如此。没能选入《今昔物语集》，我相当苦恼。我想，读了《聊斋志异》和《日本灵异记》的人，将来肯定会自己去读《今昔物语集》，所以这次没有选择。

同一个作者有多部优秀作品时，我只选择其中一部。读了这一部觉得有意思，自己可以再去找这个作者的其他作品来读。此外，作品很棒，但人们已经非常了解，不用我再啰里啰唆地介绍了的，我也没有选择。

ⅢⅢ 读《古堡里的月亮公主》

我在挑选埃里希·凯斯特纳的《飞翔的教室》时，我太太说她喜欢《两个小洛特》。该选哪本呢？我很犹豫。果然，我心中记得的还是当年读《飞翔的教室》时的感动。

这是和吉野源三郎的《你想活出怎样的人生》一样的作品。虽然预感时代将走向悲惨的结局，依然写下对少年们的希望和思考。重读这本书，我不仅觉得故事精彩，还体味出了潜藏其中的那种走投无路的无奈之情。

这次的书单中还选择了几本我第一次读的书。《银冰鞋》就是其中之一。我很想去荷兰看看。还有《古堡里的月亮公主》，我六十九岁时才第一次知道这本书。是中川李枝子向我推荐的，我下决

图3 出自《你想活出怎样的人生》（新潮出版社，一九五六年出版，[日]胁田和 绘），这辆车的插画（左）令人非常怀念。

心一定要读。这是真正的奇幻作品，能够帮助小读者在幼小的心灵中构建出一个世界。

说到我自己的工作，虽然也是做奇幻作品，但只是在奇幻世界的外侧连接上多个不特定的世界。《古堡里的月亮公主》是幸福时代中的一个朴素的奇幻故事，主人公小女孩被描写为一个"脾气大、不漂亮"的人。这是谁说的呢？到处都是不可思议的地方（笑）。是谁做的饭？是谁铺的床？先别在意这些，"是谁呢？是谜啊！"先这样想吧。虽然过于天真了，但确实有不可否认的魅力。

主人公努力通过自己的力量使世界获得平衡，就这样，世界变得圆满、和谐。我认为这种感觉是非常必要的。这是一本好书，只是一想到会让人喜欢上一位古堡里的姑娘就觉得有些讽刺（笑）。不过还是会成为一本重要的书。

也许并不是所有见到这本书的读者都会认为"这本书很有意思，是本好书"。但我想，会有人非常喜欢这本书。

果然有趣的"名著"

从明治时代开始被翻译过来，在我们小时候

就被称为名著的作品，现在还是名著吗？有一部分让我非常困惑。

比如《鲁滨逊漂流记》。用现在的眼光来看，这部作品的背景其实是白人在全世界开拓殖民地的行动。这样的作品是推荐好呢，还是不推荐好呢？让人犹豫。但这确实是"漂流作品"中最好的。虽然还有《瑞士的鲁滨逊》《宇宙家族鲁滨逊》等很多歌颂鲁滨逊的系列作品，但写得最好的还是这本。同样，格斗故事没有比《三个火枪手》写得更好的了。

重读《西游记》，我发现它惊人地有趣。《霍比特人》会被角色扮演游戏啃噬，《西游记》却不会。为什么呢？因为孙悟空虽然善良，却不是普通人，是从石头里蹦出来的猴子（笑），飞越了五百年的时空。飞越不了的，只有三藏法师这个人类和怎么也逃不出的如来佛的手掌心。

《西游记》被翻拍成各种形式的作品，手冢治虫也画过这一主题的漫画。虽然我没有完整地看过这部书，但确实值得一看。中国人创作的这部书真是非同小可，想象力极其丰富，非常有意思。

　　流传下来的内容果然有意思。精彩的作品有很多。

　　《汤姆·索亚历险记》是一部描写少年十分出色的、丰满的作品。书很厚，拿在手里沉甸甸的，令人惊叹。所以这并非是本很过时的书，现在读仍然会感叹："啊，有意思！"

　　重读《法布尔昆虫记》，我们那个时候叫屎壳郎的现在改叫圣甲虫了，但依然超级有趣。应该有很多孩子是通过这本书迷上昆虫的，也有孩子是通过这本书开始写作的吧。

两位敬爱的前辈

⫼⫼⫼ 不一般！石井桃子老师

把国外的古典作品翻译介绍到日本的，是受岩波编辑部委托的石井桃子老师，她为此做出了辛苦的工作。说起来，是石井桃子老师创造了少年文库。

说到石井桃子老师，在童书界，她是一位受人尊崇的大人物。只要是她翻译的作品，那必须得读。很多书就因为是她翻译的，在日本流传至今。

我在学生时期有很强的社会意识，认为对社

会必须抱有问题意识和主题意识。比如自己处于怎样的时代、怎样的环境，自己应该怎样活着，还包括追问对社会、对历史怀有怎样的观点。即使是童书，我也觉得必须要有明确的主题，比如儿童的自立以及与社会的关联，等等。那时候，一帮毛头小子总在一起谈论这些。

但是，读了石井桃子老师翻译的作品，我发现里面完全没有上面说的那些元素，却真正地深入人心。她的作品不会成为谈论的对象，我们无法谈论她。我感到我们此前就是在有限的范围内不知天高地厚地乱说一气。

当时，早稻田大学的童话会打出了"在少年文学的旗帜下"这样的口号，很酷，其姿态是：面对当今问题，书写社会体验和长篇故事。

这和石井桃子老师所站的位置完全不同。她更为深邃，抓住了人心，无人能比。我们无法把石井老师卷入我们的讨论。

我深切地感到石井老师非同一般。我非常尊敬她。她非常了不起。中川李枝子老师也是这样的人。

我没有见过石井老师。怎么可能去见呢，那么伟大的人。我有点害怕。我不敢去见伟大的人（笑）。

石井老师应该很严厉。我要是去见她，肯定会立刻被她看穿。我害怕她会说我是"笨蛋"。

《阿信坐在云彩上》的魅力

日本战后长篇儿童文学作品的创作契机，始于战争经历。这并不是去了战场，而是儿童时代经历了战争的人写出来的作品。

石井桃子老师出生于二十世纪初，读了她写的《阿信坐在云彩上》会发现，作品中虽然没有

图4 《阿信坐在云彩上》（光文社，一九五一年出版）该书一九四七年由大地书房首次出版。石井桃子凭借该书获第一届日本艺术选奖文部科学大臣奖。该书成为畅销书，并被改编为电影。

明确写出民主主义，但可以看出阿信的家庭非常民主。实际上，最稳定、最重要的东西都在这其中。书中写阿信是个体弱多病的女孩显得顺理成章，但说到体弱多病，过去的我也是这样，当时这种情况很普遍。

　　并不只是当时的情况，这也是人之常情嘛。

　　除了《阿信坐在云彩上》，我还读了很多石井桃子老师的翻译作品，译笔果然文采斐然。没办法啊，水平不一样。

因为书本身没意思，才会让人说出"这是什么主题？""这种描写手法也太差了！"这样的话，好书是说不出这些话的（笑）。所以，看石井老师的书我们不会讨论这些。石井桃子是非同一般的大人物。

给我冲击的《不不园》

说到不一般，中川李枝子也是如此。

其中，给我冲击最大的是《不不园》。这本书是我在学生时代读到的，当时我觉得"（这样的书）终于出现了"。我想把书中《捕鲸鱼》的故事改编成动画，但那时我还不是动画导演。

这本书的厉害之处在于它描写了连儿童也没有意识到的儿童世界。

図5 《不不园》(福音馆书店，一九六二年出版)中川李枝子和山胁(大村)百合子姐妹二人合作了《古利和古拉》系列等很多深受欢迎的作品。

回顾一下儿童文学的历史，始于大人想告诉孩子什么是好的，希望孩子学好、积极上进这样的训教和做了错事要倒霉这样的告诫。在这样的主题下，再加入文学性的感动，组织成一部完整的作品。后来，比如在《赤鸟》运动①中被大书特

①《赤鸟》是铃木三重吉于一九一八年七月创办的儿童文学杂志，在日本掀起了一场童诗、童谣的创作运动。——译者注

书的"童心主义"的观点是：童心是纯粹而值得尊敬的。于是，人们开始力争描写出真正的儿童姿态。《不不园》超越了这一切，告诉我们"这就是孩子"。我曾问过我们的工作人员小时候看《不不园》的感想，有人说"好可怕"，有人说"真害怕"。总之，大家小时候都被这个故事吸引住了，紧张得不得了，留下了深刻的印象，忘也忘不了。

这部作品里没有大人的那些道理。

在第一个故事《捕鲸鱼》中，幼儿园变成了海。后来怎么样了呢？书里没有说，把海的事搁置了。小读者会一直惦记着"现在还是海吗？"而紧张得不得了。

孩子的"玩耍"

在中川李枝子当保育园老师的时候，保育园里有一条军用毛巾和一个生了锈的煤气炉，孩子们每天都拿这两样东西玩。《捕鲸鱼》这个故事里就出现了煤气炉，我一开始还在想是有什么深意吗？其实只是因为孩子们真的在煤气炉旁玩而已（笑）。就是那样一个世界。

对孩子来说，在游戏的世界中，现实和幻想之间没有界限，不受时空约束。中川李枝子原原本本地接受这一点，并原原本本地写了出来。孩子们真的会做傻事。虽然彼此弄哭无数次，最后仍会手牵手回去。虽然不知道是否会反省，但现在会高高兴兴拉着手回家。多好的故事。

有的人被时间和空间束缚，只在意原因和结果，只从自我出发去解读世界。这样的人遇到"不不园"的世界会不知所措。所谓自我，一般是由对周围的父母、兄弟姐妹、伙伴们的反抗造就的。《不不园》这种水平的作品中没有这样的自我，所以喜欢根据自我来评价事物无聊或很好的人们，对此会束手无策。

"做傻事"的权利

拿我自己的例子来说，在《千与千寻》中，千寻最初进入隧道和后来从隧道中出来的时候是完全一样的状态，都是紧紧抱着妈妈的手臂，一脸害怕地向前走。有人批评说，这岂不是完全没有成长吗？但是，即使父母是不可信赖的人，小学生也不可能离开父母完全自立。

在能够自立之前，孩子只能在父母的庇护下生活。没有必要急着长大。急于长大只是对父母的不信任而已。比起不信任父母，还是依靠父母为好。

虽然不信任和依靠是同时存在的，但如果不认可孩子对父母的依靠，就不会理解孩子的世界。这和"孩子的成长、自立是最珍贵的"说法不同，和经过人生历练、到了一定阶段就立马成为成熟的大人这种孩子和大人之间的界线泾渭分明的德国成长小说不同。

孩子并不是这样的。孩子虽然会变聪明，也会做很多傻事。孩子们有反复做傻事的权利。幼儿的世界尤其如此。

没有任何炫技，如实描写出这样的世界的作品，就是《不不园》。石井老师曾对中川李枝子说："试着写写这样的故事吧。"这话真是了不起。石井老师相当于中川老师的老师。中川老师非常尊敬她。有些令人吃惊啊（笑）。

译者的力量

石井老师、中川老师，都是让我觉得"无法与之比肩的女人"（笑）。在她们面前，进行艰涩讨论的儿童文学者们是多么渺小啊，我发自内心

リンゴ畑のマーティン・ピピン
上
ファージョン作
石井桃子訳

图 6 《苹果园的马丁·皮平》（[英]依列娜·法吉恩 著，[日]石井桃子 译，岩波少年文库，二〇〇一年出版）该书初译于一九七二年。

地这样想。

因石井老师的翻译而成为名著的作品有很多。比如，依列娜·法吉恩在英国已经完全被遗忘了，现在人们仍在读她的作品多亏了石井老师。是应该说"多亏"呢，还是说"多怪"呢？因为石井老师的译作，我也想去萨塞克斯看苹果园，看繁花盛开的景色。石井老师就是这样一位了不起的翻译家。

在日本，翻译文学非常有市场。译者们各显其能，付出了很多心血，获得了资深读者的喜爱。

《地海传奇》中的"地海"便是确证。如果没有清水真砂子的翻译，我想这本书早就消失不见了。清水老师选择的翻译词汇在日本很有冲击力，"风之司""物之真名"，等等，令人激动不已。"雀鹰"也是一个令人兴奋的名字。原名"燕鹰"是一个混杂着棒球队名的名字，让人喜欢不起来（笑）。她的翻译中，有这种语言的力量。

在动画制作现场

▥ 工作室的书架

完整地阅读岩波少年文库，是我长大以后的事情。我刚入职时，看到动画工作室的一个书架上满满地摆着所有少年文库当时出版过的图书，估计是作为策划资料买来的，但没有被看过的痕迹。我记得我是一本一本开始读的，基本上一天一本。有的书觉得没意思就不读了，再拿一本。当时负责看管书架的是一位女士，四十年后我才听她说那时候我总来借书，让她很烦（笑）。

正式开始工作后，要自己找选题。虽然找到了也不一定能保证通过，但如果不找机会去发现能拿得出手的选题，就只能两手空空，束手无策。于是，我开始一本一本地读起这些和我偶遇的童书。

在那之前，正是长篇儿童文学作品涌现的时代，比如佐藤晓的《谁也不知道的小小国》等。我集中读了这些书，发现在它们的背后，更多的是外国儿童文学的成就，特别是英美国家的作品。不可否认，那些是基础。因此我认为，必须去读那些作品。

公司里有这样的书架，而且恰好弥漫着一种消极怠工的氛围。说是怠工，其实是没有想做的工作（笑），所以有的是时间，就一股脑把书架上的书都读完了。

动画片的原著

读这些书，与其说是为了乐趣，不如说是为了从中得到什么而狂涛怒浪般猛读。所以，我不知道可不可以将这种笨方法称为真正的读书。

当然，有的书令我非常感动。故事的叙述方法、结构等实在是非常巧妙，令我受益匪浅。不只是岩波书店的书，各家出版社都出了不少童书。

比如在制作改编自角野荣子的作品《魔女宅急便》的同名电影时，首先遇到的问题就是该如何描画主人公琪琪。啊，关于这一点，我想有很多教科书可以学习。这都是因为我读了很多童书的缘故。虽然不知道是以哪本书为蓝本，但这个女孩来自我从童书中大量寻找选题灵感的那个时期。虽然我想不起具体的书名了。

我总觉得自己体内有一个抽屉，连我自己也不记得什么时候读了什么书。

在日本电影界，把面向孩子的作品称为"儿童片"。因为买票的是大人，所以选材多取自大人知道的、知名度高的作品，比如《苦儿流浪记》。再加上小动物滑倒、转圈这样的搞笑镜头，让孩子们看了高兴就行。这样的观点，就像腌咸菜用的镇石一样压在我们头上。

我不喜欢"儿童片"这种说法，但当时我还拿不出能够称得上独创的东西。我还是一片空白。所以，我如果不先读书，就无法讲出故事。

《借东西的小人》

我读《借东西的小人阿莉埃蒂》的原著《借东西的小人》也是二十二三岁时的事情了。

这本书给我印象最深刻的首先是"阿莉埃蒂"这个名字和书中男孩所说的"小人族是要灭绝的族群"这句残酷的话。这个叫阿莉埃蒂的小人族女孩，以为自己这样的小人是世界的主人公，可是那个男孩残酷地对她说："你们会灭亡的，这里是人类的世界。"这种残酷，是孩子特有的一种东西。那个男孩在人类世界中也是遭遇着残酷的生活长大的，这一点非常新颖。这种一百八十度的大反转非常吸引我。什么时候能把这个故事拍成动画片就好了，我想。

而且，靠"借东西生活"的阿莉埃蒂也非常有意思。"那么多橡皮，怎么都没了呢？"我是个常常会想这种问题的人。桌子上的东西，总是莫名其妙就没了，尺子啊，彩铅啊。对呀，是小人拿走了，这么想就好了。虽然小人拿了橡皮去也没什么用。

说到小人的故事，日本有《一寸法师》，西欧有《鞋匠和小精灵》。在工作室，大家也常常聊到，要是夜里有小人来把自己的工作干了就好了(笑)。

总之，《借东西的小人》和以前的小人故事都不一样，尤其是原系列中的第一本，更令人觉得如此。

拍成电影的时机

《借东西的小人》的故事背景是过去的英国，是无法直接拍成电影的。要拍，也只能由英国人来拍，而不是日本人。

这本书让我感到，平日我们觉得"很狭小的家"这个普普通通的空间，如果用不同的眼光来看感受则完全不同。怎样才能把这个感觉巧妙地用电影表现出来呢？思考这个问题非常有意思。

于是，我常常向高畑勋导演感叹"把这部作品拍成电影的时机怎么还没到啊"。那是我年轻时，二十多岁的事情。

这个策划并不是一直处于保温状态，而是被

冷却在一边，多年没管（笑）。说到影片的策划，常常会遇到这种情况：虽然觉得这书真不错，但现在还不能把它拍出来。

立刻就能拍成动画的原著很少。

但是，本来以为一辈子都不可能拍成电影的作品，也会迎来现在也许能把它拍成电影了的时机。几十年才有一次的机会来了。

采纳《借东西的小人》这个选题，是因为感到现在的大人们，不，是现在的人们，对这个世界有一种无力感，就像小人族面对人类世界时的感觉。

二十世纪末期，我也在制作一些表现我的末日观的作品。在"末日说"流行的时代，"终结"带给人一种甘美的感觉。在周围的人都沉醉于经济泡沫和赚钱中时，向他们指出"傻瓜，情况很快就会变糟"是一种"精神净化"。可是现在，表现末世的作品已经变得如此普遍、如此大众化，令人厌烦。

从某种意义上说，大家都变成了"小人"，对这个世界，所有人都觉得无力。为了哪怕只能便宜一日元这种无聊的事情，到处都熙熙攘攘。人们的目光越来越短浅，历史的视野、人类应有的姿态这些宏大的话题都被健康啊、退休金啊这些话题取代。还有戒烟啊，新陈代谢什么的，都是些无所谓的事情。

《借东西的小人》的写作背景是二战后英国的困难时期，描写了包括物资匮乏在内的生活中的苦难。不能把这个内容原封不动地拍成电影，因为当今时代还充满了其他方面的困难。所以我想，现在也许可以把这部作品改编为电影了。

被画所吸引

▥ 难忘的插画

《借东西的小人》一开头的插画非常棒。

这本书有很多个版本。我读的那一版开头有这样一幅画：老奶奶和小女孩沐浴在壁炉的光里，两人之间弥漫着一种奇妙的慵懒气氛。我读了书后发现讲的并不是晚上发生的故事，虽然很不可思议，但给我留下了深刻的印象。

这幅画实际上和书中故事没有任何关系，画中并没有故事中的登场人物。

遇到小人的是画中小女孩的弟弟吧。哦，是画中老奶奶的弟弟？对对，这是一个很久很久以前的故事，是老奶奶讲给小女孩的故事……虽然我写了这部电影的脚本，对于原著却记得马马虎虎（笑）。

说到插画，是能起决定性作用的。

在十九世纪的英国和法国，画插画的是些非常优秀的插画家。继承了优秀传统的带有钢笔插画的书在今天仍然非常有魅力。

例如《小熊维尼》，如果没有 E. H. 谢泼德画的那张克里斯托弗·罗宾拖着维尼熊下楼梯的画，就不会有《小熊维尼》这本书。画得非常棒。

在《柳林风声》这本书中，一看到谢泼德的画我就想，如果他来做动画那得多厉害呀，曾经有过这样一群人啊。所以，我把这样的作品也选入了五十本书中。

图7 出自《借东西的小人漂流记》(上)和《借东西的小人》(下),
是作者非常喜欢的两幅插画。

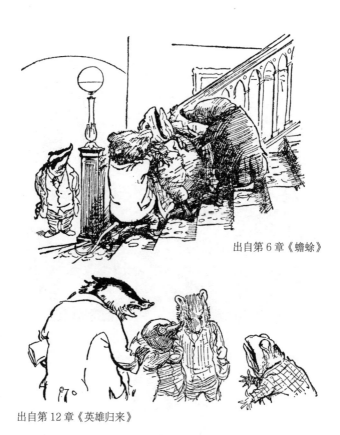

出自第 6 章《蟾蜍》

出自第 12 章《英雄归来》

打扮成妇人的蟾蜍

图 8 本跨页上的插画均出自《柳林风声》，作者非常喜欢蟾蜍这个形象。

蟾蜍的背影

▟▊▊▊ 看过画后才明白的事情

不只是插画，封面也非常重要。

下面要说的不是岩波少年文库的书，而是一位叫桦岛胜一的插画家画的《海底两万里》系列（《海底旅行》）。套装封面是一个有珊瑚礁、热带鱼的海底世界，又或者是神仙鱼。我当时没有见过这种鱼，所以以为和真的鱼一模一样。我躺在床上看着这幅画，感觉自己就像在海里一样。

再看书里的插画，比如船，就连孩子也知道故事中出现的战艇和画中的船不一样。这画的不是军舰吗，为什么要画一艘完全不同的船呢？也太随意了吧（笑）。但是，封面上画的海令人难忘。拿着这样的画，仿佛手里拿着宝贝。

我想，这和当时能获得的信息少是有关系的。为什么说插画的意义非常重要呢？因为当对世界完全不了解的时候，插画可以成为认识世界

图9 《海底旅行》（[日] 桦岛胜一 绘，《世界名著全集》，讲谈社，一九五二年出版）套装封面图。一九四二年出版的版本中，套装封面还画有鲨鱼。

的一种手段。

　　麦片粥和鲱鱼一起炒，会是什么味道呢？牛排腰子饼是什么？面对这些问题，如果没有相应的插画，人们就完全没办法去了解。没有看过足够多的外国电影，无论文章怎么写，不明白的事情还是不明白。这时候，插画就像是入口，发挥了非常重要的作用。即使是一些非常模式化的画，看着看着也会在脑海中形成某种形象。

实际上，如果确实是模式化的插画，便会在记忆中消失，不会留下印象。可是，虽然和内文故事毫无关系，一说到《借东西的小人》，我就会想起那个坐在昏暗光线中的小女孩。图画，是非常有力量的。

《秘密花园》的庄园

如果一个小女孩被画得很可爱，难道不应该发出"好可爱呀！"这样的感叹吗？说起来有些不好意思，我就是一个人偷偷躲在屋里，边看《秘密花园》边这么做的（笑）。

对于小时候的我来说感到奇怪的是，《秘密花园》中的主人公玛丽被描写成一个脸色苍白、非常瘦弱、不讨人喜欢的女孩，插画中却完全不是这样，一开始就被画成了一个可爱的女孩，一开始就是一个被祝福的女孩。《古堡里的月亮公主》的插画也是如此。虽然书中写道"怎么看，也不是一个美丽的女孩"，但插画把主人公画得很美丽。

所以，要把《秘密花园》拍成电影是很难的。可以把一个"不讨人喜欢的女孩"真的拍成不讨人喜欢的感觉吗？这是一个问题。

还有，我怎么也不明白《秘密花园》的庄园里面为什么会有带围墙的花园。

后来，我偶然有机会来到英国某个大型庄园。啊，是真的，巨大的院落中有农田和菜园，还有温室来提供房屋中装饰用的鲜花。我这才明白这个问题。那里还有气派的石头围墙，结满累累果实的苹果枝压在围墙上，非常壮观。有几位专职园丁就住在庄园的领地中，院落中还散布着仆人们的住房，大家都在庄园里往来穿梭，侍弄庭院的人一年到头都负责侍弄庭院，种菜的人专门负责种菜，种花的人专门负责种花。我这才明白，原来这里的人们是这样生活的。这时候，我才第一次理解了《秘密花园》里的世界。

那是一个日本人难以想象的世界，整个庄园大到根本不知道里面到底有多少房间。也有很多不想进去的房间（笑）。为我做向导的人说庄园的城堡里应该有电梯，但不知道在哪里。我想，他肯定也没有庄园。

◢◣◥◤ 视觉的回忆

如果要给《秘密花园》配精彩的插画，配什么样的好呢？至少在我看过的各种版本中，没有给我留下印象的。如果画的是个看上去令人不快的少女，读者会不想读这本书吧。就算画出整个庄园的示意图也无法补救，我想。

故事和插画的关系很有趣。用吸引人的流行画虽然易于成为人们拿起书本的入口，但很快就会被忘记。另一方面，如果只有被裁剪后的那种整体不明的插图，又只能成为装饰而已。

偏离一下话题。森见登美彦的童书作品《春宵苦短，少女前进吧！》文库本的封面给人留下了深刻的印象。

我是一个只会保留片断记忆的人，记住了《借东西的小人》中的第一幅插画，记住了夏目漱石《三四郎》中三四郎在被褥上铺开的毛巾。最近我在看契诃夫的短篇小说集，里面有他同时代的友人兼风景画画家伊萨克·列维坦的画。我一直在想，契诃夫的灵感难道不是来自列维坦的风景画吗？当然，这是我的胡思乱想（笑）。

/||| 英国插画的全盛时代

英国维多利亚时代的童话集《安德鲁·朗格彩色童话全集》中有很多有意思的插画。那时是英国插画的全盛时代，当时的一流画家都画插画。因为书是能够重复印刷的东西，这样能让大家都看到自己的画。

可能是因为这本童话集非常受欢迎，每年都出续集，一共出了十二册，收录了世界各国的童话，很多人们熟知的作品都在其中。因为插画，这些故事给人们带来了不一样的感觉。

比如《粉色童话集》中有一幅插画，画的是一个贫穷的学生节衣缩食、着迷地读着一本古老的诗集，小精灵从钥匙孔里偷看他（图10）。画得非常棒吧？虽然仔细看会觉得有些不舒服，有点吓人。但正是因为这幅画，安徒生的这个短篇故事给人留下了非常深刻的印象。

What the GOBLIN said in the Student's room

图 10 出自《粉色童话集·食品店里的小精灵》(《安德鲁·朗格彩色童话全集》第五卷,东京创元社,二〇〇八年出版),这一系列于一九五八年首次出版发行。

图11 出自《红色童话集·黑盗贼与山谷骑士》
（《安德鲁·朗格彩色童话全集》第二卷，东京创元
社，二〇〇八年出版）

　　请一定看看这种可怕的画（图11）。非常可
怕。在放置尸体的地方，装作死人藏起来，被鬼
取走了耳朵。或者不是耳朵，是屁股。鬼嘴里还
说着"再来一口"。我是第一次看到这么可怕的插
画。

图12　出自《红色童话集·索里亚·莫利亚城堡》

不能"含混不清"的文化

《红色童话集》中这张有很多头的画也很吓人（图12）。长着很多脑袋的蛇的画也非常有意思。怪物就真的被细致逼真地描绘成怪物的样子。故事中常常出现三张脸的怪物，能如实地画出来真

图 13　出自《黄色童话集·北方的龙》(《安德鲁·朗格彩色童话全集》第四卷，东京创元社，二〇〇八年出版）

的很厉害。《黄色童话集》中有一个女鬼就被画得非常妖娆（图13）。看过这些画，再说到比如《美女与野兽》这类作品时，就能大致明白西方人眼中的"野兽"是什么样子了。

我喜欢《朗格童话集》里的插画，就是因为可怕的内容会真的被画得很可怕。有的画看了之

图 14 出自《灰色童话集·本斯鲁德特的故事》(《安德鲁·朗格彩色童话全集》第六卷，东京创元社，二〇〇八年出版）

后觉得不舒服，有的则令我感叹"竟然能画到如此程度"，很有冲击力。

比如，画长着多个头的龙时，欧洲人绝不含糊，一定要弄清从生物学上脖子是如何连接的。日本这样的民族则会立刻放弃表现这一点。在《朗格童话集》中，会清清楚楚地画出长着七个头的蛇七条脖子的连接处（图14），虽然不知道是否正确。

日本人会放弃准确地画出八岐大蛇的样子，因为觉得从脖子里画出八个头太恶心了。但是欧洲人会画出来，而且画得非常有说服力。原来如此，原来七个头是这样长的，真厉害，我非常佩服。

在我的前辈们制作的电影《淘气王子斩大蛇》（一九六三年）中，结尾处出现的八岐大蛇的样子就很模糊。脖子的连接处到底怎么样，根本就没出现。明明可以画成分枝状，却被回避了，没有从空间上表现这一点。

那时我还是个新人，初生牛犊不怕虎，就质问前辈们为什么不画出来，真是不乖啊（笑）。

应该画的内容，不应该画的内容

当然，有些内容画出来会变得没意思，因为画成画立刻就能被捕捉到。也有连绘画的力量都无法到达、只能由语言引人遐思的场景。

在制作《幽灵公主》时，我觉得妖怪真的非常难画。真的可以这样画吗？我一边这样想着，一边继续画下去，脑子越来越混乱。对我们那个时代的人来说，如果要画什么可怕的东西，应该就会想到具有终极破坏性的核武器爆炸了吧。无法画出比核爆炸更可怕的东西了。但是，在《幽灵公主》中是没办法画核武器的。

《地海传奇》中的龙也非常难画。现在书里出现的，依然是在很多作品中最常被画到的那种龙。龙是比人类古老得多的生物，它们超越了善和恶，如果灭亡，星星就会失去生命力。龙就是这样一种象征。我稀里糊涂地完全跟着作者走，龙如果灭亡了会怎样呢？我一边读，一边紧张得不得了（笑）。

实际上，读了作者厄休拉·勒古恩的描写，无论怎么画，都是相当普通的龙：尾巴很长，像塔一样耸立着。我想，这也没多高嘛（笑）。总觉得没什么意思，所以不想变成具体形象。

并不是所有的内容都要画出来，并不是所有的内容都可以不画而只让人们自己去想象。有很多朦胧的东西，不也很好吗？但如果《小王子》中没有那幅画的话……两种情况都有。

分歧是很有意思的

我自己的绘画受到了《洋葱头历险记》中的插画很深的影响。番茄骑士圆嘟嘟的脸上逼真地画出了凹凸的感觉。

与其说我在模仿，不如说我画着画着就成了苏捷耶夫那种风格。这种所谓"变形"的艺术技巧非常有意思。洋葱头的眼睛画得非常小。我非常喜欢这本书的插画，这让我放弃了成为漫画家的野心。因为我知道，用这种画法创作在日本的

图 15 出自《洋葱头历险记》。下左是番茄骑士，上右是洋葱头。

漫画界是找不到工作的。

　　维多利亚时代是插画的辉煌时代，画得真的非常有意思。和被裁剪过的那种插图不同，画面也在讲述着故事。即使是现在，人们仍然需要努力解读。

　　现在，照片和影像充斥着人们的生活，人们已经失去了专心欣赏一幅画的习惯。

出自《洋葱头历险记》

变得脆弱的"眼睛"

▲ 时代的变化

作为经济衰退的结果，英国儿童文学的插画也日渐衰落，成为一种设计符号，变得没意思了。

画克里斯托弗·罗宾的谢泼德，我个人非常喜欢的插画师爱德华·阿迪宗，这些人的工作成了历史，没有人能延续他们的水准。不但插画偷工减料，故事也都在写"世道不好过"之类的内容，变得非常没意思。

果然还是时代的问题。像《天使雕像》等书，一看到画面就能感受到这是一个新时代的产物。一看到《燕子号和亚马逊号》，就会立刻感到这是旧时代的作品。卡雷尔·恰佩克的作品也是如此。

我小时候如果能看到《朗格童话集》这样的书，会觉得"真是太棒了"。但是现在到处是"吉祥物"的形象，那样的图画是没有容身之地的。

▕▏▎▍ 印刷技术和插画

铃木三重吉在有了孩子后想给孩子看书，却找不到可以给孩子看的书。当时市面上的书水平太低了，可是孩子们又需要优秀的读物。没办法，只能自己干。于是，他开创了儿童杂志《赤鸟》，呼吁他认识的人们"写稿吧，写稿吧"。芥川龙之介如果没在他的催稿下写出《杜子春》，人们会以为他不过就是个乖僻的家伙吧。实际上，他是个非常坦率的人。

有多少人读过《赤鸟》呢，我想只有很少数吧。在英国也是如此。虽然《朗格童话集》每年都出新书，但应该只有很少的人买过且读过。在此之前的时代，说到画就只有用画笔亲手绘制出来的画，能有机会亲眼看到的人就更少了。

随着印刷技术的发展，画被更多地复制出来，能够欣赏到的人变多了，这是实情。虽然其中也有老是登载杀人事件画面的星期天小报。但随着影像渐渐走入人们的生活，插画的黄金时代到来了。

对世界的探究

但是，从那样的插画时代走向电影，走向电视，走向了另外的方向，现在甚至只用一部手机就能拍出照片发送给所有人……如此一来，影像成了个人化的产物。

这样一来，对现实的探究方式变得越来越浮

泛。事物本身或者所谓鲜活的东西难以捕捉，因为光线、空气和气氛都在不断变化。比如，人们会觉得，与其相亲对象就在眼前，自己忐忑不安地和对方交换只言片语来观察对方是一个怎样的人，还不如在明亮的光线下拍了照片和视频，一个人沉住气慢慢看，更能看清真面目。实际上，我就知道好几个只会这么干的人（笑）。

也就是说，即使是《朗格童话集》里的插画，现在要想看懂，也需要努力。停下阅读的脚步，仔仔细细看遍画面每一个角落的人很少有吧。如果有在自然光——虽然这么叫，其实是间接光——下看油画的机会，随着天气、时刻的变化，你会发现画的颜色和质感都在变，会惊奇于画是活的，和在画展上固定的灯光照明下看是完全不同的。这种变化，正是画的深意。这和面对液晶显示屏进行检索的世界完全不同。其实，《朗格童话集》

的插画可以说很好懂了，把人们对黑暗的印象用画面通俗易懂地展示了出来。

变得整齐划一，是人类的宿命吧。我只能认为这是在走向毁灭。虽然我认为自己不必迎合什么，可毕竟也是人类的一分子。真是复杂啊（笑）。

如果现在没有动画，这个人就不会画画吧——在现在这个时代里从事动画的都是这样的人。

次文化会继续生出次文化，这样的次文化又会一分为二、为四、为八，渐渐越来越狭窄。这就是现在的文化形态。我是这么认为的。

该怎样去面对这个世界呢？忙乱之中，人们不再用自己的眼睛去看真实的东西，轻易就变成"看照片不就行了"这种情况。照片的颜色和对比度能根据自己的喜好随意改变，因此人们不会停下脚步，用自己的眼睛去感受真实。

高画质，能让人们看到人眼看不到的东西。这样的谎言一层层堆积起来，世界本身给人们带来的冲击越来越小，变成了十六分之一、八八六十四分之一，实在是太糟糕了。

如果停电，就不能再收到影像，不能再收到信息，人们当然会变得惶恐不安，会生病，也许还会死。但世界仍然存在。在这个复杂的世界活下去并不需要很多东西，但我希望能有书。我希望有写这个世界的书。但我希望是比《资本论》容易看懂的书（笑）。

一本就好的书

放在那儿，孩子也不读

我太太拿回家很多《儿童之友》（福音馆书店），可只有大人在热心地读。虽然买了很多童书，但孩子们都没有打开看过。虽然精心准备了书，但孩子们并不读。从我的经验来看，"把书放在那儿，孩子自然会读"是一句假话。

还有羞于告诉别人"我正在读"的书。比如说我吧，我喜欢《玫瑰与指环》和《小法岱特》，都是提心吊胆、偷偷摸摸读的，因为主人公是女孩。我再喜欢读这样的书，作为一个男生，不能告诉朋友的话就是不能告诉。对我的亲兄弟也没说过。如果我告诉朋友，恐怕只会被嘲笑。

因为父母推荐，所以答应去读，读了之后觉得真有趣的孩子也有。但大多数孩子都想超越父母的意图吧。孩子都想跨越父母认可的范围，想摆脱父母吧。

对于孙子，我不能越俎代庖，应该由当爸爸妈妈的去照顾。所以，如果想送什么东西，我只能填补那个缝隙。我必须找越奇特越好的东西（笑）。

▕▐▊ 和某位少年的来往

我写五十本书的推荐文时，基本都是面向一位读者写的。他是我的一位小学生朋友。如果他来读这些推荐语，我想告诉他什么呢？我就是思考着这些来写的。

实际上，我到现在还是在以那位少年为对手在奋斗。他是一个非常有专注力的孩子。他在上小学前，常常来我工作的地方玩。他完全不理我，默默爬上书架，拿出一本书就读起来。我画分镜头，画了又擦，擦了又画，不可思议的是，我完全能集中于工作，他一次也没有打扰我。不得不说，那是一段安静又舒适的时空。我想，如果他不在，我立刻就会变得不能集中精力。

现在的他依然会把图书馆的书一本一本地认真读下去。不是浏览，而是完全懂得书中的内容。这样的话，我就不能给他推荐不好的读物。这可是决定胜负的事情（笑）。必须找图书馆中没有的、有趣的书。不能推荐不好的书。一想到书会成为他的一部分，我就绝不想给他推荐不好的书。

但现在选择想让他读的书非常难。基本上所

有的书图书馆都有，有意思的书应该在那儿都读过了。所以，必须找图书馆没有的、有趣的书。虽然我自己都住在没什么像样的书店的地方（笑）。又不能让他读契诃夫，读夏目漱石也为时过早。这就是我面对的课题。

于是，我使用了很多不合常规的手段。在我孩提时代的漫画家中，有一位叫杉浦茂的。他的画非常与众不同，很有趣，看了令人愉悦。我曾经把他的漫画复印后请装帧店进行了装帧，虽然没有做成精装本。

杉浦茂的书，现在读仍然觉得非常有趣，特别是语言很有意思："回见啦鸟取县""气球口香糖之助""炸肉饼五元之助"，等等，非常幽默好玩。这些话我还记得清清楚楚，应该继续传下去（笑）。我听到那个少年说很喜欢，"太好了！"，我也很开心。

杉浦茂的魅力

我见过很多漫画家，还是觉得杉浦茂非同一般。他并非恶搞，而是非常善良的无厘头，可以称得上是日本儿童漫画史上的巨擘。

手冢治虫在昭和二十年代画的漫画我也复印过，但现在不想再看了。

并不是那些画不好，我还记得它们曾带给我怎样的冲击。那些画非常了不起，但我不想再回溯一遍那样的冲击了。在当时，那是怎样的冒险，以及具有怎样重大的意义，我都非常清楚。那是二十多岁的青年怀着满满的热情画出的漫画，所以深深地打动了我。但对我而言，现在再看一遍应该已经没有初看时的快乐了。

我曾经说过，手冢先生的漫画是昭和二十年代的最高水平，现在我认为说这个是多余的。手冢先生去世时比现在的我年龄要小，所以我认为他是比我年轻的人。我想，年纪大的人不应该说三道四。

《降魔》系列的有趣之处

我刚才提到的那位少年最近感兴趣的是东京创元社出版的《降魔》系列。这个系列是很有趣，但也有无趣的地方。

这是英国的幻想故事。总的来说，是个不能简单地划分正义一方和邪恶一方的故事。母亲拉弥亚，是第一代吸血鬼。第一代是非常了不起的，不会增长岁数。她爱上了人类七兄弟中的老七。虽然不能见太阳，但她作为一名农家主妇，养育了七个孩子。这七个孩子中的老七是本书的主人公，他背负着必须背负的命运。以上这些是通过阅读得知的信息。

而不用看结局也能猜到，最终无非又是被那些概念化的恶魔啦，魔鬼啦——我也不是很清楚到底是什么，反正就是那种常见的角色——给收服了。我一边冷静地这么想，一边又被一些细节所震动。比如极度寒冷的时候，或遇到了什么事情时，不能吃东西，只有空着肚子才能行动迅速。

把整个故事分解开，用思维导图来表示，一下子就变得很好懂。但一开始推荐时我没用导图，而是在那位少年小友能明白的范围内循序渐进地展开说明。细节是有魅力的。刚开始时带着疑问，读着读着，他觉得说的就是自己的事情。确认他没读过这套书后，我送给了他。他读得很快。能让他觉得是说自己故事的书，是非常难的。

这位少年现在已经是小学六年级的学生。我在那个年龄时已经怀有"自我"意识，会觉得不知所措。我想，他也即将有这种感觉。所以故事中必须有秘密，不够有趣也不行，又得是图书馆里没有的书，限制条件很多，实在不好找（笑）。

我想找个时机给他《你想活出怎样的人生》这本书。但我知道，他和我读到这本书时的环境不同，是不会有那种震撼的。

∥∥∥ 把全世界都写进去的书

说实话，书不需要很多。不需要五十本，有一本就行。

比如一本厚厚的写进了全世界的精装书。能做出这样的书吗？我曾经在梦里见过。也许有人会说："那不就是圣经吗？"不，我梦到的是更有趣的书。

书中写了什么呢？举个例子，透镜。在吉卜力美术馆的摄影棚尝试制作使用透镜的针孔照相机时，工作人员纷纷惊呼"哇！""世界倒过来了！"。他们在学校里都没有学过透镜的知识，而这本书中就包含了透镜的秘密：透镜诞生的故事，不可思议的透镜制造者的故事，自己想用镜头做什么事情，等等。

但是理科的书很无趣，不过也包含在里面，一些特别有趣的内容也有。书厚得不得了，根本不可能从头到尾读完。反正这本书包含所有的内容，从哪里翻开都可以，想想就很有趣。无论读多少次都很有趣。

如果真有那样一本书，就能对孙子说："送给你们这本书。"要是谁上小学了，就把这本书推荐给他："这本书很有趣哦。"不过，要对哪个年龄来说内容都很有意思、装订也结实的书……应该没有吧？

梦想的一本书

自己写一本书吧，我曾经这么想（笑）。生产力不高，梦想却大得很，真是没办法啊。

我在中国旅行的时候，在一个铁路岔道口看到过一间只有三张榻榻米大小的房子。在不能称为家具的破旧物品中，有一位老爷爷。只有在火车通过的时候，他才出来，执行工作。他一辈子都住在那里吧，直到身体不能动弹。日本铁路岔道口的生活啦，印度是什么样的情况啦，我想写这些东西。仅仅这些，就是一项大工程。

这些内容在比戈的画中就有。妈妈代替爸爸，背着孩子，挥着旗子，在铁路岔道口值班。在铁路岔道口工作的人，要一直生活在那里。自己有事的时候，就让妻子替自己值班。水库和桥梁的值班人、守河人、守山人，现在想来，都过着现在的我们无法想象的生活。

就算是《方丈记》中鸭长明所在的山，也有守山人一直住在那里。就算是一天一次，也得有人送食物过来，《方丈记》中对此却只字未提。因为鸭长明是贵族，自己不用做饭，只是在温热别人送来的饭时放一点山药豆，估计也就是这样吧。跟想象中的山中小屋的生活根本不是一回事。收录这些内容的书，会是一本怎样的书呢？

就算是堀辰雄隐居于山中时，为了安心创作，每天也是由女儿给他送饭。我曾经读过堀田善卫的故事，说他年轻时甩开特务隐居于朋友的山中小屋，可是一天三顿饭要自己做，他就待不住了，"我什么都不能思考了"，于是下山了。那种时候，有能热衷于做饭的人，也有一想到做饭这些事就无法思考问题的人（笑）。原来，堀田先生活着是为了思考问题。所以，我们理解不了是理所当然的。我们只要想，有那样的人，有他们为我们思考就够了。

说着说着跑题了（笑）。一本就好的书，能不能做出来呢？虽然我觉得很难，但我会朝着梦想不断前进。

⫴ 大人能做到的事情

在某种意义上，日本是个不错的国家。孩子可以自己去图书馆，能遇到各种各样的书。只要去图书馆，就有的是书。和我小时候相比，现在的环境让孩子们有书可读，我们国家给孩子们提供了这样的机会。

但是也剥夺了孩子玩篝火这种做危险事情的机会。对于孩子来说，就算在很浅的池子里，也可能会遇到意外。

作为大人，必须时刻对这些危险有心理准备。让孩子爬树，是非常可怕的。刚开始孩子还会小心地爬上爬下，渐渐地胆子越来越大，于是就有可能掉下来。这些事情，实际做起来是非常不得了的。尽管如此，还是应该为孩子点起篝火。

生活在现在这个世界的大家，不是要抱怨政治应该如何、社会情况应该如何、媒体应该如何，而是应该想一想在自己力所能及的范围内能做什么。这样的话，很多情况就会改变，不是吗？

⫴⫴⫴ 希望能遇到"自己的一本书"

书本身是没有效果的。回头看时，起了效果，仅此而已。当时的那本书，对我来说有那样的意义、有这样的意义，可能要过几十年后才会意识到。

所以，最好放弃这样的想法：这本书有效果，所以送给你。就算你想让孩子读，孩子也不会读。父母努力读书，但孩子不读书。哥哥努力读书，但妹妹不读书。并非只要读书就好。只读书的孩子，是因为在其他方面感到寂寞。喜欢在外面玩的孩子，是很忙的。

所以，不要抱着"读书会让人的思想变得深刻"这样的想法。因为并不是只要读书，就会变得优秀。读书，并不是一件做了就会有什么效果的事情。和这些相比，更重要的是小时候遇到对自己来说"对，就是它"的这样一本非常重要的书。

当找到自己喜欢的书、真正深入其中的世界时，虽然只看到翻译过来的文字，却能指出"这个翻译很奇怪"。书是很有意思的。

如果这本书能成为你遇到"自己的一本书"的契机，我将不胜欣喜。

2／

三月十一日之后——在孩子的身边

风起时，于风中

三月十一日以后的电影

从少年文库中选五十本书，是二〇一〇年的事情。二〇一一年三月十一日东京大地震后，情况有了变化，无论如何我要说明一下。发生地震的时候，我们正在制作电影《虞美人盛开的山坡》，准备公映。为了应对"停电计划"，我们采取了白天夜间轮班等制度，工作室一片忙乱。不过，我们所在的地区最终没有停电。同时，我们还在准备下一部电影的制作工作。当时我正好画完了一部分分镜头的初稿。

有人问我们还要不要制作那部电影。在史无前例的灾难经历中，我也在想，制作自己的电影是否还有意义，是否会成为扫兴之作，如果要停止也只能停止。但最终的结论是，我们继续制作这部电影，没问题。能够这么想，我们非常自豪。最终，我们对原计划没有做出丝毫更改。

这部电影中出现了关东大地震的场景。因为刚发生不久的东京大地震的冲击，有的工作人员至今仍然不能看相关的分镜头。他们说太害怕了，看不下去。虽然有这种情况，但是没必要进行任何更改。

最终，一个镜头都没改，一切都照原样制作。当然，当电影出来时，我们的制作是否值得就另当别论了……

起风了

风吹了起来。

这二十年来，整个国家谈论的都是经济话题。日本就像一个装满了水、马上就要破裂的气球一样，进退维谷。这个气球什么时候会破呢？人们一边提心吊胆，一边心不在焉地关心着电影啊，游戏啊，消费行为啊，健康啊，养狗啊，养老金啊什么的，总归都是经济话题。只有不安实实在在地膨胀着，二十来岁的年轻人和六十岁的老人没什么区别。

大家都感到有什么事情要发生了。即便如此，人们也知道，愚昧的和平比堂皇的战争宝贵。

就这样，历史的车轮忽然开始转动。

活着很难，这样的时代大幕拉开了。不只是我们这个国家，最终，全世界都将如此。我想，我们已经明确进入了消费降级的第一阶段。

在这样的时代中，自己必须要清醒地活着。

"风吹起来的时代"中的风，不是柔和的风，而是可怕的、呼啸作响的风，是蕴含着死亡的风，是会把人生连根拔起的风。

这次所选的书中，卡雷尔·波拉切克的《淘气五人组》就是在这样的情况下写出的作品。在这部和詹姆斯·乔伊斯的《都柏林人》有某种共通之处的作品中，有些地方我没有看明白。如今，看着含有辐射的风猛烈吹击着窗外的树，我觉得我应该再读一遍《淘气五人组》。卡雷尔·波拉切克在奥斯维辛集中营遇害的时候，这本书的书稿正被藏在某个出版社的抽屉里。

我认为儿童文学是"可以重建生活的文学"，而这部作品包含了我认为超出儿童文学范畴的内容。推荐我读这本书的是中川李枝子。我认识到我应该把这本书作为成人文学作品，再从头到尾好好读一遍。

ⅢⅢ 我的父亲

我的父亲生于大正三年（一九一四年），享年七十九岁。父亲九岁的时候，遇到了关东大地震。他拉着妹妹的手，从有将近四万遇害者的被服工厂的广场上逃生出来。父亲说，多亏当时祖父让全家人吃饱饭后连鞋也不穿就逃难去。

置身于如此惨状中，九岁的少年看到了什么，感受到了什么，这一切对他的人生又产生了怎样的影响？我曾在中学图书馆里看到过当时被服工厂广场的照片，非常可怕。

东京大空袭的第二天，为了确认亲戚们是否安全，父亲从宇都宫来到东京。在尸横遍野的惨状中，父亲挨家去看望亲戚。之后，宇都宫被轰炸时，父亲背着四岁的我爬上东武铁道的堤坝逃生。母亲背着弟弟，叔叔拉着哥哥的手。

黑夜像白昼一般明亮。从堤坝上向下看，宇都宫街区无数的房子上烟火弥漫，浓密的云层遮盖着天空。燃烧弹从空中纷纷投掷下来，宛如一场火雨。

这是刻骨铭心的经历。但我父亲既没说过什么了不起的话，也没叫苦不迭，只是有时候会对孩子们说"受了损失"。

当时，父亲帮助病弱的伯父经营一家工厂。我想，那是父亲经济最宽裕的一个时期。

战败后，父亲在街上认识了进驻日本的美国兵，请他们来家里吃饭，和他们成了朋友。我不太理解父亲。

虽然很讨厌军人，从心里看不起军人，可是我名字中的"骏"取自当时一位著名军人的名字。

青春期时，我常和父亲争论战争的责任问题。

父亲说，发动战争的是军部，不是自己。他虽然被征兵入伍，但没有去战场。他坚持：和国家相比，自己的妻子更重要。

父亲晚年时，会躺在客厅说《水户黄门》之类的电视剧通俗易懂真好啊。但外出的时候还是会打扮得利利落落，腰板挺直，依旧是个时髦的公子哥儿。

父亲去世后过了几年，我看了小津安二郎的《青春之梦今何在》，不禁愕然。影片中的青年主人公和父亲一样都戴着眼镜，连思维方式和行为体态都一模一样。无政府主义、享乐主义、讨厌权威的颓废主义，完全是一副昭和摩登公子哥儿的形象。

我想，九岁的少年，懂得了在关东大地震中感受到的沉重感。他的无政府主义、虚无主义和他在被服工厂的经历不是没有关系的。

我想，父亲在九岁时，我在七十岁时，都遇

到了时代刮起的风。父亲的时代，和卡雷尔·波拉切克的时代，和我的晚年时代，遇到的是齿轮的同一片轮齿。齿轮在转动，只是我没有注意到而已。我感到和以前相比，我更能理解父亲了。

我们的课题是，克服在自己内部萌芽的浅薄的虚无主义。

虚无主义也有很多种：深层的虚无主义发自对生命根源的叩问，浅薄的虚无主义则是对懒惰的一种托词。

"这个世界值得活着"，我们制作的电影一直在表现这一点。我们的观众是孩子，有时候还有中年人。我想，我们也应该叩问一下自己的初衷：不是为了生活而制作电影，而是为了制作电影而生活。

长期做动画，一边"嗨哟嗨哟"喊着一边完成一部动画，紧接着又开始做下一部，越过一个山头眼前又是另一个山头，很容易陷入一种错觉：仿佛工作永远都不会结束——但这样的时代已经结束了。倾注时间、金钱和才能制作动画的机会在减少。

在"起风了"这样的时代中，电影可能是必须藏在抽屉里的作品，需要有这种思想准备。

这不是因为我上了年纪，对职场中二十多岁的年轻人来说，形势也是一样的。

核能发电问题、处理不了的债务问题，等等，不能再留给子孙了，我们面临着这样的考验。

结束的开始

现在不能制作奇幻片。

本来说的是童书，越说越离题，说起电影来了。现在，我们制作不出奇幻片。我认为，当前我们制作不出孩子们可以开心观看的、幸福的电影。

在风吹起的时代的入口处，即使想制作幸福的电影，也只能变成一种谎言。二十一世纪的大幕真的拉开了，为了不被转移视线，我竭尽全力。

虽然我想坚持用铅笔和毛笔画画，但潜入人们脑中的数字化创作方式一天天腐蚀着工作现场。

即使在这样的时代，是否也应该有让孩子们觉得"真好看"的奇幻片？现在的我还不清楚。还需要若干年，我才能想明白。但在我想明白之前，吉卜力工作室必须延续下去。到那个时候我得多少岁啊（笑）。

为了让工作室生存下去，《虞美人盛开的山坡》之后，我们又开始制作下一部电影。但很有可能是为工作室挖了一个更大的坑（笑）。

给声音做"减法"的《寻宝》

吉卜力美术馆从二〇一一年六月开始，上映了第九部短篇动画《寻宝》。原作是中川李枝子和大村百合子的绘本。这是一个酝酿了四十年的策划。

看了试映，有工作人员说这是一部"跑啊，跳啊，吃啊"的动画，非常简单。这不是一部欢天喜地的动画，也不是一部热闹的动画，是一部

图16 《寻宝》（福音馆书店，一九九四年出版）

非常自然的作品。

在这个时期，《寻宝》能够公开放映是我们运气好。真的非常幸运。

这部作品几乎没有对白，背景音乐很简单，虽然有画面转换，但是节奏非常悠闲。现在的电影用力太猛了，色彩、音效、台词、音乐，每一方面都拥挤不堪，从头到尾都充斥着声音的旋涡，要么突然冒出来，要么不知道什么时候就摇曳起来。

我们难道不可以反其道而行之吗？我开始有了这样的疑问。最初的试验就是《寻宝》。这部动画制作于三月十一日大地震之前。于是，我对这种做"减法"的方向感到了自信。

无论世间如何纷乱，我们都坚定地朝着安稳踏实的方向掌舵前进。只有年纪会变大（笑）。

我想，那个方向有我们正在寻找的新的奇幻。虽然我还说不出来会是什么，但我有这种感觉。

什么开始了？

我们国家消费的东西比生产出来的东西还要多，这必须停止。这样会变得贫穷吧，甚至可能会发生战争。世界膨胀着，仿佛就要裂开，这种时期是没法说"没问题的"。

被叫作"更大的坑"的下一部电影还能不能顺利制作完成？受到经济变动的剧烈震荡的可能性非常大。我只能想，即使发生那样的情况，也不能垮了。

自暴自弃的颓废主义、虚无主义、享乐主义会变本加厉。听上去很无情吧。一想到我父亲也是其中一分子，我又怀念起他那种漫不经心、无忧无虑来了。另一方面，我更加明白了绝望之深。历史的齿轮开始转动了。

给孩子们的加油声

儿童文学的意义

即使在这样的状况中，我认为读书也是非常必要的。书必不可少。

石井桃子等人，为了战胜困难，开创了岩波少年文库。因为，"儿童文学是能够重建生活的文学"。

准确地说，现在出现了太多"不能重建生活"的儿童文学。至少，在岩波少年文库刚开始的时候，童书的最大特征是让人感到"人生可以再来"。

即使生活不顺，也能将其跨越，从头来过。即使现在身陷贫苦，通过你的努力，未来也能在你眼前展开，也能出现帮助你的人。很多书都是这样告诉孩子的。难道不是吗？

"来到这个世界上，真是太好了"

对人类的存在进行严厉批判的文学，告诉人们"没办法，人类就是这样的一种存在"。和这样的文学不同，儿童文学告诉人们"来到这个世界上，真是太好了"。为孩子们送去"活着真好，好好活着"这样的加油声，我认为是儿童文学诞生的基本契机。写《小爵爷》的伯内特，写《小妇人》的奥尔科特，写《银冰鞋》的道奇，开创《赤鸟》的铃木三重吉，以及在铃木的鼓励下写出《杜子春》的芥川龙之介，他们的源头都是相同的。

不要对孩子说绝望的事情。说到孩子时，我们只能这样。无论平日自己嘴中如何充斥虚无主义、颓废主义，看到眼前的孩子时会有这种强烈的感情：不想对孩子说活着是无意义的。

虽然只要周围一没有孩子，就会立刻忘掉这种心情。但我家附近有幼儿园，所以我会一直记得这种心情（笑）。这种时候，我真心觉得附近有幼儿园真是太好了。孩子们让我保持清醒。

已经开始了

前面我也说过，现在的情况是刚刚开始。

无论怎样，会出现新的奇幻片。之所以没有立刻出现，是因为现在还没有像石井老师开创少年文库前那样，完全变成一片焦土。

战败后确实是一片焦土，一切都丧失于暴力之中。其结果是，数年间，孩子们读不到为孩子写的书。信州的熊谷元一先生留下的乡村小学记录中提到，每天被安排去地里干活的孩子们回到学校后，在教室里根本坐不住。花了相当长的时间，学校秩序才开始恢复正常。熊谷先生的学生们出了一本回忆文集，里面写到曾数度看到老师悄然落泪。

现在，虽然说衰退，但印刷品满天飞，势头强劲的电视、游戏、漫画差不多把孩子们都淹没了，到处充斥着悲鸣一般的音乐。以前的生活还能持续到什么时候呢？现在正是拼命维持的最高潮吧。

不管怎么努力，崩溃的时候总会来的，我是这么想的。

现在已经开始了。今后，惨淡的事情会层出不穷，我也不知该如何是好。什么都没解决。地震也没结束。"文殊"核反应堆泄漏的问题也没解决，反而伺机让核电站再次运转。就是这样的一个国家啊。还不想面对现实，但这就是现实。

▥ 给下一代

少年文库中，有描写德国进攻前后的荷兰的《暴风雨前》和《暴风雨后》系列作品。《暴风雨后》中"恢复到正常""恢复到原来"这些语言的真正意义，正是从今以后的事情。我想，这需要时间。

我对于电影的未来这些事情并不太绝望。比起那些，我总是被追问你能制作出什么样的电影。我自己也要这样追问自己。我已经这个岁数了，能做什么，不能做什么，已经是很明了的事情，我只有尽力。我们做过各种各样的电影，现在来看都是轻松的，是不能应对严酷时代的。

我想，制作下一部新的奇幻片的，是我现在

选书的对象——正在奋斗的少年们。

　　暂且不论他们会不会这样做，只说他们现在感受到了什么，今后会看到什么呢？制作出他们自己的作品，至少还需要十年。

　　只要他们延续下去，他们这一代人会制作出下一代的作品。

图书在版编目（CIP）数据

　　有书真好啊 ／（日）宫崎骏著；田秀娟译. —— 海口：
南海出版公司，2021.4
　　ISBN 978-7-5442-8124-9

　　Ⅰ . ①有… Ⅱ . ①宫… ②田… Ⅲ . ①随笔－作品集
－日本－现代 Ⅳ . ① I313.65

　　中国版本图书馆 CIP 数据核字（2021）第 018021 号

著作权合同登记号　图字：30-2020-131

HON ENO TOBIRA: IWANAMI SHONEN BUNKO O KATARU
by Hayao Miyazaki
© 2011 Studio Ghibli
Originally published in 2011 by Iwanami Shoten, Publishers, Tokyo.
This simplified Chinese edition published 2021
by ThinKingdom Media Group, Ltd., Beijing
by arrangement with Iwanami Shoten, Publishers, Tokyo
ALL RIGHTS RESERVED

有书真好啊
〔日〕宫崎骏 著
田秀娟 译

出　　版　南海出版公司　（0898)66568511
　　　　　海口市海秀中路51号星华大厦五楼　邮编 570206
发　　行　新经典发行有限公司
　　　　　电话(010)68423599　邮箱 editor@readinglife.com
经　　销　新华书店

责任编辑　杜益萍
特邀编辑　李　爽　李　言
装帧设计　李照祥
内文制作　田晓波

印　　刷　北京奇良海德印刷股份有限公司
开　　本　850毫米×1092毫米　1/32
印　　张　5.5
字　　数　60千
版　　次　2021年4月第1版
印　　次　2021年4月第1次印刷
书　　号　ISBN 978-7-5442-8124-9
定　　价　49.80元